小意思

馮康侯老師刻

小意思

小思

啟思出版社

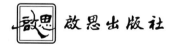

編者序：盈懷小物

劉偉成

我喜歡那些讀後會在腦裏留下深刻印象的文章，深刻得連後續的聯想和思考軌迹都記憶猶新。一般來說，讓我留下這印象的大多是思辨性強，見解獨到的文章。小思的文章卻令我改變想法。它們篇幅短小，即便說理，都是言簡意賅，正中肯綮，最重要的是都有濃重的情意鋪墊，讀者即使對號入座，中了彈，亦會因那些情感軟墊而不致觸動其防衞意識，反之會謙恭自省。許多人都說小思的散文屬抒情小品，更有將其淵源追溯至晚明小品一脈。我當然同意小思散文富有抒情魅力，但總覺得她的文章，除此以外，還有別樣的「進化」——所謂「魅力」，不只在吸引人捧讀，還在於那種令人如沐春風的感染和點化，這大概是由於小思不以「抒情」為表達的手段，而是以「情」為「載體」；以往我會說當中承載的是「道德力量」，是來自她的言行一致，一生承教的志願，現在我會修正為「心靈力量」，來自作者對真誠的心的仰止。

記得第一次給這種「心靈力量」震撼，是在讀〈盈懷小麥〉之時：不管司機的吆喝，農民鑽入車底竭力拯救一紮捲進去的小麥。由於農民殷切的表情和着緊的態度，作者心裏反復呢喃：應該不只是一紮小麥。怎料最後她發覺那真的只是一紮小麥，不，是一懷小麥。不知為何，年輕時讀這篇文章，心情給撩動得久久不能平伏。那時我大概是為着自己的民族而戚然——中國作為堂堂農業大國，歷史悠久，在時代的輪子下，竟然顯出如此寒傖。我想像中農民的臉是殷實的，與此同時也是憨呆的，我雖然因它所表現的堅定不移的守護而感動，暗地裏卻慶幸自己是坐上時代之輪，佔着交通幹道的幸運兒。對於農民的臉，或多或少是以同情的目光來觀看。現在看多了暴發的面孔如何扭曲人性，蹂躪大自然，我會不時想像，究竟那張農民的臉是怎樣的？黧黑的皺紋會藏着怎樣的年輪軌迹？當時代讓人看飽了物欲在窗外快速流徙的眩目光影，心底便體味到固窮的神聖並非戲謔的諷刺。

讀小思的文章都會知道，她是位收藏「興頭」（因着她「能捨」，所以不稱為「癮頭」）很深的知識分子，她自言行街有時會像「拾荒」一樣，留意街上紙箱載的是否書籍一類東西。一般收藏家都是愈收愈精，也愈收愈矜貴，例如董橋的古書、古玩，王世襄的明式家具，吳興文的藏書票等，他們因着種種條件限制，只會看準了自己心中的珍品才出手。因着編纂《小意思》這本文集的關係，我們有幸觀賞到小思的珍藏，期間聽小思說得最多的一句話是：「這些都不用花錢的呢！」「這些」是指食肆的名片、牙籤袋，各地的茶包袋……一些我們平時毫不在意，用後即扔的東西。看見小思珍視的樣子，我們大概會像當天她看見那二話不說鑽入車底的農民一樣，心裏冒起「一定不只是……」的疑惑，這使我們重新體悟到價錢不等同價值。這個簡單的體悟，許多香港人卻刻意遺忘。不信？你看看現在樓市的癲價便會知曉，多少人樂得活在以價錢創造更高價值的幻象中？

當小思拿着食肆名片說可以從中看到經濟環境，拿着不同補習社的廣告剪報說可以看到教育環境的變化時，我便不獨看到農民質樸的笑靨，更看到她那「懷抱的形狀」。在跟樊善標的對談（見本書末章）中，小思給問及何以捨得把心愛的豐子愷小酒杯送回「緣緣堂」，她表示「能藏」之餘也必須「能捨」。我想前者靠的是「緣」，物件因緣際會落到自己手中，便必須努力「守緣」，竭力令它免於破碎和湮滅；後者說的是「分」，在物件上印下自己「懷抱的形狀」，再給它找最適當的歸宿，讓其他人讀到更豐富的文化含蘊。就這樣，「藏」跟「捨」便成了美麗的循環，這正是小思常說，「承教」中「承」的含意，也是她那份心靈力量的搏動。上面提及的「懷抱的形狀」取自卞之琳的〈魚化石〉：「我要有你懷抱的形狀，／我往往溶化於水的線條。／你真像鏡子一樣的愛我呢。

〈你我都遠了乃有了魚化石。〉物件因為有了人懷抱的形狀而變成永恆，即便人去了，依然讓人感受到懷抱中的噓息，噓息中的暖意。

作為編者，我們怕讀者看不清那懷抱中隱約的輪廓，所以在部分篇章後加上了「小意思」一欄，聊作資料補足，期望可以幫助年輕的讀者打破時代隔閡，幸得作者不嫌，盼望讀者也不以此為蛇足。小思文選一共三冊，收錄小思不同年代的文章：《小意思》顯其個人品味；《思香・世代》記其對香港本土的牽念；《我思故鄉在》則載其感時憂國之情。三書就像漣漪，層層推遠，把「心靈力量」傳遞開去，感染人將苦楚轉化為積極生活的力量。三圓之同心所在，正是作者嬌小卻有力的懷抱。

寫於二〇一四年「五四」九十五周年

目錄

小玩意

在我成長的年代，物資匱乏，所用的物品會隨着人成長，隨着人變老，人想滯留也不行。

「玩具」

回頭看這幅童年畫像，匱乏卻又富饒，孤寂卻又熱鬧，一切那麼矛盾而温馨，是誰賜予的？

在戰火、貧窮、匱乏時代度過的童年，沒有甚麼值得炫耀的回憶。

且說說三件「玩具」，進學校之前，也就是說九歲之前，它們是我永不離棄的良伴。

題目玩具，為甚麼要用引號？因為它們不是玩具。

第一件：觀蟻。螞蟻的生命力真強，在人類的食糧都缺乏的環境中，牠們居然無處不在。家裏沒有甚麼東西足以惹蟻，可是黑蟻、黃絲蟻，總分成兩派，整天在許多角落來回走動。騎樓欄杆上，正是牠們必經之道。每天，我搬一張木凳子，趴在欄杆旁，細細觀看牠們的陣勢。

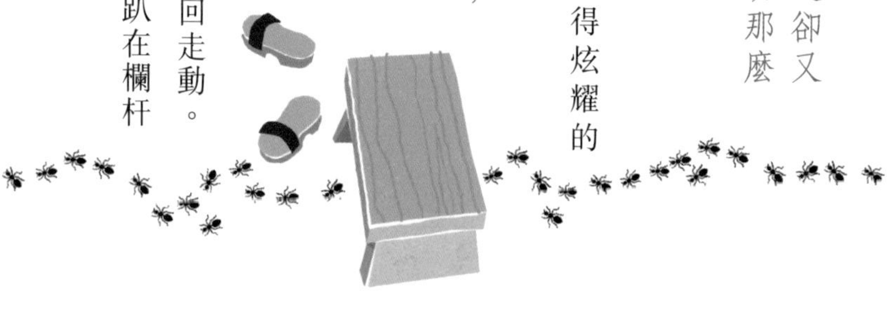

黑蟻身形大，腰纖肚大，特別在吸了水分時，肚子脹得透明。牠們走動得快，行列往往有點亂。黃絲蟻小巧淡定，列隊前進，沒有蟻會越隊。觀蟻，兩種蟻各有吸引力，黑蟻看得人眼花，但多戲劇性變化，黃絲蟻團結整齊，容易分清領隊和工蟻，卻嫌隊形保守，定睛看多了，會變成「鬥雞眼」。

牠們整天忙着搬運，有時搬食物，有時搬白色的卵。食物，是我假設的，因為牠們含着的小粒，我分不清是不是食物。牠們最大動作是搬別的昆蟲屍體，黑蟻一口咬住一隻比牠身體大幾倍的蟑螂腿，飛快前跑，好像毫不吃力。幾隻蟻合力扛動小截蟑螂屍體，就偶有忙亂了。

牠們太有秩序，不好看，我會很殘忍……真的殘忍，純粹為了自己快樂，用手指捏死隊中一隻蟻，或者向牠們潑水，陣腳一時大亂，我就等着看牠們怎樣在危難之後，重新整合。現在回想起來，那些給我捏死的蟻，真是死得不明不白，大概這叫天地不仁吧！

第二件：小藥瓶。從前吃西藥，藥丸用窄頸胖身的玻璃小瓶盛着。我擁有兩個這樣的樽仔，他們是一對，孩童無知，沒為他們分性別。我從紙盒中拿出來，把紅色藍色膠蓋拔出，斜斜蓋住瓶頂，從後面看，就是一對戴了紅帽子藍帽子、又胖又矮的小人。

每天，他們就是這樣活起來。我用手指幫他們移動身體，我扮成不同的聲音代他們説話，也跟我説話，講些甚麼，現在當然記不起來。我歪着頭，趴在桌子上，把視線移到與它們齊平，展開一天的對話。奇怪，這一對童年良伴，我竟沒有給它們改個名字。

第三件：不該用件來做量詞，它只存在我腦海裏：並不實存的小人國。那時候，我沒聽過小人國故事，只是不知何故生出這個奇怪想頭。家裏沒有人的時候多，孤單的孩子，藏坐在大籐椅裏，凝視着空蕩蕩的大廳，地上就浮現了街道、房子、車子和行人。它每次出現都同一形格，絕不因為幻想而變化。我可以説得出每條街道兩旁店鋪的樣子，也說得出每個行人的活動。我會讓街上有些事情「發生」，然後組成一個一個古仔——大概我又在自說自話了。這個想頭，不會是大人引起的，因為惟一跟我講故事的外祖母，只懂《水滸傳》和《三國演義》。我很快樂，每一次居高臨下，主宰着這個小城市。

我的童年，就在這三件不用錢買的「玩具」陪伴下，冉冉逝去。

回頭看這幅童年畫像，匱乏卻又富饒，孤寂卻又熱鬧，一切那麼矛盾而溫馨，是誰賜予的？我實在幸運，想來還是值得炫耀的。

（今天早上，新聞報道，一個家境富裕，擁有許多玩具的小孩子，因父母不在家，耐不住孤寂，跳樓自殺。於是，我想到自己的幸運。）

一九九四年四月廿七至廿八日

小意思

另類玩具——翻花繩

在物資匱乏的五十至八十年代，兒童大多沒有精美的玩具，但是他們會利用日用品來自製玩具，翻花繩就是其中一種。翻花繩又稱翻線戲、翻絞絞、解股，是一種以繩子作道具的遊戲，可以單人玩，也可以雙人玩。單人玩的時候，可用手指把繩圈翻成不同花樣，直至不能再翻；雙人玩的時候，其中一人把繩子打結，弄成一個圈，再將繩圈繞在兩手間，用手指把繩圈編成花樣，接着，另一人接過繩子，並翻成另一種花樣，彼此交替翻繩，直至不能再編出新花樣為止。一根小小的繩子，通過靈巧的雙手和心思，能翻成各種各樣宛如動物、植物等的花樣，當中的樂趣，並不少於現今精巧的玩具。

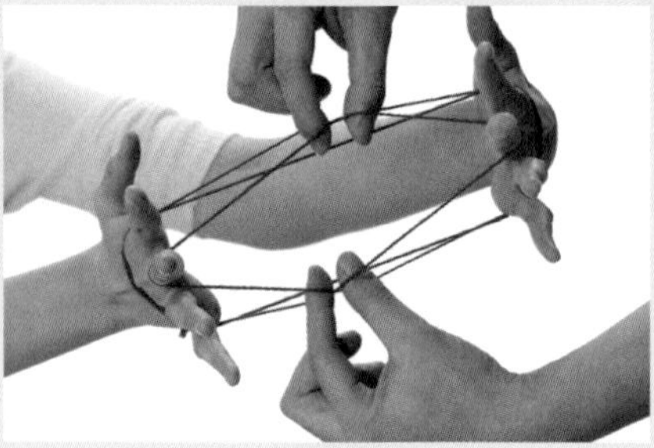

天台玩意

愈不許可就愈吸引，爬上斜坡坐坐，正是天台重點玩意，我也曾違背慈命，爬上去坐過幾回。

國泰六十週年的一輯懷舊電視廣告中，兩個小男孩並坐在天台一座斜坡頂上，我的記憶體有如觸電，接駁到那遙遠的幾十年前去。

我深信年輕一代，不一定知道那是甚麼東西。我早就想講講唐樓天台的奧祕——家住唐樓孩子的玩意奧祕，只是沒有圖片輔助，描述困難。今回總算天從人願，借助那位深明舊日風華的廣告設計師之力，讓我從頭說來。

說天台，必須從唐樓說起。唐樓全是四層高建築物，往往由好幾個獨立單位連起來，以軒尼詩道為例，一四九號到二〇一號二十五個單位是相連的，(按地政署圖則，該是連號，不知何故其中欠去一九一及一九三號。) 天台也是相連，只是不同業主的單位，有一低矮及膝的石欄阻隔。唐樓一梯兩伙，陡直樓梯轉三折，再上十多級就到天台。廣告片中那座斜坡，是遮陽遮雨用的樓梯頂。四十、五十年代，沒有公眾活動空間，夏天黃昏，晚飯後，街坊沒去處，擔凳仔上天台，大人聊天，小孩跳繩追逐，一派悠閑歡樂。小孩容許從一個單位跨過另一單位與鄰人玩耍，但絕對不准爬上那斜坡頂，因為危險。愈不許可就愈吸引，爬上斜坡坐坐，正是天台重點玩意，我也曾違背慈命，爬上去坐過幾回。

二〇〇六年十月一日

我玩Wii

我先選簡單射擊遊戲，果然寶刀未老，槍槍中靶，獲得最佳成績，在年輕人面前露一手。

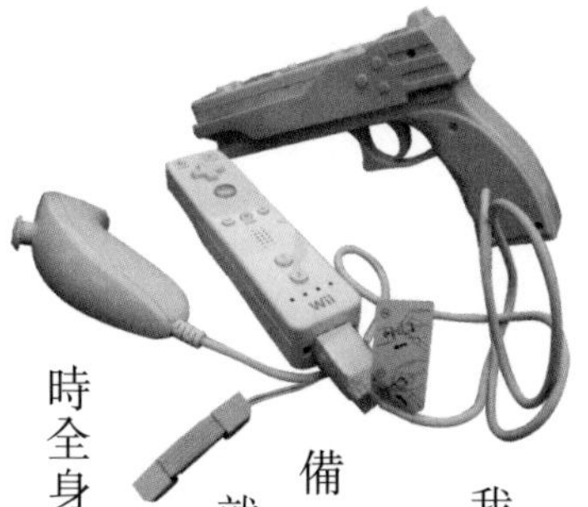

畢竟，社會高齡化已成定局，「老人痴呆症」一詞，見報率頻，同齡友人聚會，如何防止此症臨身，也成熱門話題。

我不懂打麻將，不愛運動，年輕友人怕我難逃此劫，好意送我全套電子遊戲設備，據說這Wii，已十分流行。

送來的光碟甚多，日本動畫、賽車、槍戰、運動……色色俱備。友人說不要玩太劇烈的，不如先玩球賽。保齡球手腳均動，就先玩這個吧！我本不懂保齡球，可是，屢擲屢全中，甚有成功感，愈玩愈興奮，不知不覺竟玩了大半小時。真夠運動量：當時全身出汗，第二天起牀，手腳痠疼難當，好不難受。

還是玩些別的，槍戰、賽車，我可安坐下來，只用手用眼反應，也足夠訓練了。我先選簡單射擊遊戲，果然寶刀未老，槍槍中靶，獲得最佳成績，在年輕人面前露一手。好，再玩第二次世界大戰的巴黎巷戰。像真程度，宛如身在戰場中，比從前玩盜墓者更緊張。不但要眼明手快，還有策略計算，最要命的是英文說明，玩玩吓要查字典，這種遊戲不簡單！

大電視屏幕前，球拍、手槍、軚盤，握在手中，一切仿真。得失成敗，控制了玩者情緒。高漲時，心臟高速跳動，我實在怕痴呆症未來，早已心臟病發作。

還有十多款遊戲，正待着，玩不玩下去？難說。

二〇〇七年七月一日

舊時玩具

能擁有這些玩具，孩子都珍之重之，用爭得來的鐵盒紙皮箱藏好，不會亂放。

早就知道楊維邦收藏香港漫畫書報，已成大家，原來他還是舊時玩具蒐集者。

他帶了實物上電視，可惜遠鏡太多，講話機會太少，作觀眾的我，有「到喉唔到肺」之歎。終於，他把大批照片帶給我看，還一一解說。上古玩具，有真有假，大概以吹得響的東西為主。近代在廣州出土的民間玩意，不會假，也見智慧與趣味。

到三十至六十年代的玩具，從木到鐵皮到塑膠，足以反映時代、社會的物質、情態遞變，社會學家可以寫本專論。我倒一頭栽進童年時光裏。

戰後，一般小市民過着物質缺乏的日子。小孩子能温飽已算幸福，哪來玩具享受？每年四月四日兒童節，灣仔孩子有個節目：去莊士敦道四十一號賣鷓鴣菜的宏興藥房看櫥窗擺設。鷓鴣菜專為兒童除蟲去癩，為吸引孩子，每年兒童節有抽獎換玩具的項目，玩具就陳列在櫥窗內。買不起新式玩具的人，只好站在那兒開眼界。我第一次見到如真人大的洋娃娃、鐵皮小汽車、大套積木等等，回家告訴父親我想要輛汽車，等了三年，才得到一架深紅色得發亮，巴掌大的鐵皮汽車，是記憶中第一件真正玩具。其餘都是便宜小玩物，橡筋圈、波子已經算矜貴，我最懂用做手工的蠟光紙、燒衣用的彩紙、包糖紙來摺屋摺凳摺船。楊維邦蒐集許多不同花款的波子，又有剪下來穿衣服的公仔、塑膠小武器……當年一兩角錢就買到。能擁有這些玩具，孩子都珍之重之，用爭得來的鐵盒紙皮箱藏好，不會亂放。

由於搬遷、移民，童年玩具多在不覺間拋棄了，維邦蒐集不容易。據説有些成年人也忽然念舊，紛紛加入搜購行列，把舊玩具價格炒高，他也住手了。

二〇一一年五月八日

小意思

老一輩的童年玩意——鐵皮玩具

上世紀五十至七十年代，鐵皮玩具風靡了大部分香港兒童，每個孩子都想擁有這些以鍍錫鐵皮製造的小玩意。鐵皮玩具比傳統木製玩具輕巧和便宜，造型以動漫人物、生活事物為主，也有機器人、小動物、交通工具等系列，款式多變。至七十年代末，隨着香港人口激增，鐵製日用品供不應求，鐵皮玩具始被塑膠玩具取代。近年，香港掀起懷舊熱潮，鐵皮玩具得以「重生」，復刻造型的鐵皮玩具大受歡迎，但售價已比當年昂貴得多了。

童年珍藏

現在很多年輕人會買來收藏，我則覺得收集的東西不應用買的，應是來自平常生活。見到一些自己覺得重要又感興趣的東西，便留下來藏好，就此而已。

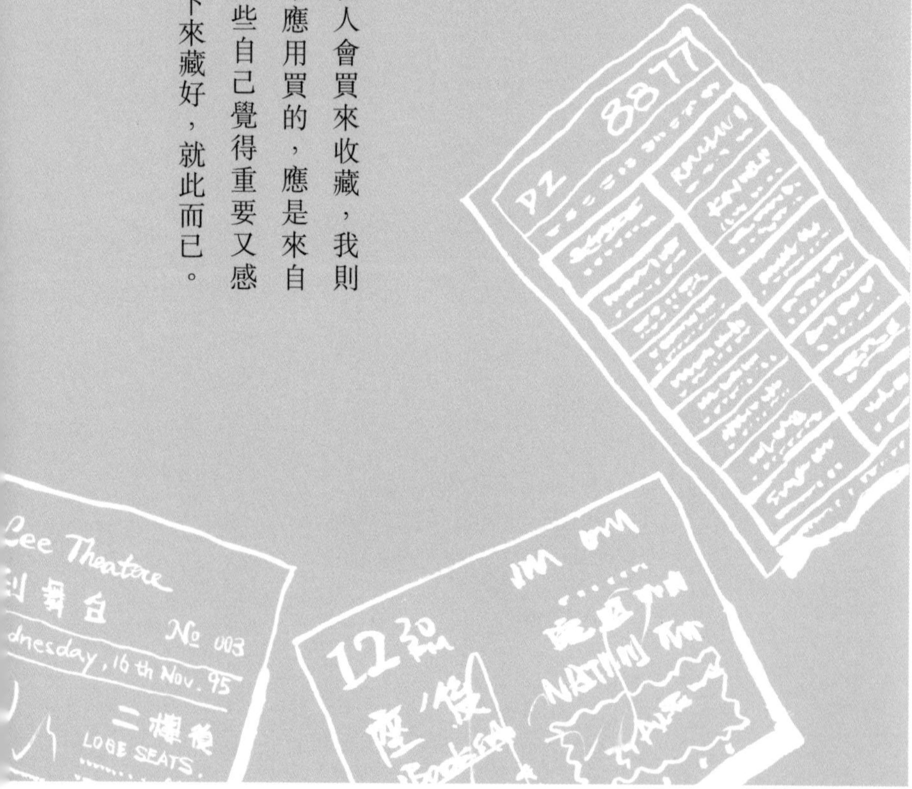

收藏

看看藏品，把玩把玩，暫時忘記世間煩惱，也算健康療法。

從小就養成把「沒用」東西收藏起來的習慣，沒有人教導我要作收藏家，甚至為了收藏，得冒一些風險或痛苦，我倒是一次又一次，有「主題」的把小東西藏好。記憶中，第一宗主題收藏是糖果紙。還沒上小學，那時候，社會經濟不發達，家庭經濟狀況也不好，吃糖果，算是奢侈。糖果品種不多，在小孩子心目中，美國牛奶糖、瑞士糖、英國拖肥、朱古力，該是四大天王。平常日子，等閑不易吃得到。過年過節，有人送禮或家人自購，才珍而重之，分得幾顆。

牛奶糖是藍白紅帶蠟的紙，瑞士糖是紅、橙、黃、綠、藍帶蠟的紙，拖肥、朱古力是七彩錫紙。吃糖，得小心拆開包紙，含着糖就去拿張草紙，揉成紙團，在平放的糖紙上面柔力擦平，讓本來很縐的糖紙變得平滑。

　　我有一個力爭回來的英國拖肥糖盒——那時候，鐵的盛器、盒子很少有，平平扁扁的盒子，正好給姊姊放針線。爸爸寵我，媽媽雖說姊姊有實用，最後還是我爭得到手——又最近在一間懷舊物品專門店裏，看見一個一模一樣的盒子，售價三百塊錢，叫我感慨萬千。拖遠了，話說回來，我就把平滑七彩的糖紙，珍藏在盒子裏。有時拿出來把玩，有時拿出來以驕同儕，有時也會送一兩張給好朋友，表表心意。

　　糖紙，畢竟花款不多，來來去去不過十種八種，但幾年下來，我也收藏了滿一盒。誰料，有一天，媽媽發現抽屜裏有許多黃絲蟻，就說是糖紙「惹蟻」，要把我的藏品全扔掉，那是我第一次喪失藏品的打擊，哭得手腳「抽筋」，是很痛苦的經驗。

　　不久，進了小學，我又改變主題，收藏橡皮圈。粉彩色的橡皮圈，一紮一紮分起類來，藏滿一個大牛奶糖罐。可是，橡皮圈比糖

▲號碼成雙的車票

紙更沒變化，沒花樣，看多了也乏味，最後不知怎樣就停止了，現在記不起如何處置那些藏品。

中學時代，我的收藏主題是：票，各類車票、入場券、戲票。其中以車票最多也最特別。新界公共汽車票價不同，顏色各異，港九公共汽車車票和電車票款色變化不大，但我卻專門收藏號碼特別的票。記憶中，四個號碼相同的，由〇至九，大概超過一百張，還有號碼成雙的，例如二二八八，號碼相隔，例如一二一二，號碼排列特異，例如五六七八……好幾百張。戲票更多姿多采，我第一張藏品，應是父親所藏，戰後第一套轟動香港的荷里活七彩電影《出水芙蓉》的首映場票。父親愛看電影，據說當年要排隊才爭得那票，故捨不得扔掉，還在票背上寫上戲名。

由於收藏時間長，量也特別多，就正因這樣，幾次搬家成了累贅。一直到六十年代末，實在沒地方可供它們棲身——包括此生第一批藏書，一咬牙就全送人了，

▲ 1955年的戲票

記得票全送給一個女學生。現在想起來，心裏仍切切作痛，但願不會所送非人，它們還在世上。

最近搬家，竟然發現夾在書裏，有一批一九六五年的戲票——戲院全都不存在的了，不知何故它們會倖存，撫摩再三，感慨繫之。

雖然一次又一次遭受「失去」的打擊，但收藏習慣還沒有改掉，隔一段日子，我又會「發作」，找個主題來玩玩；中國風景明信片、小玻璃瓶、石頭、外國各種車票、入場券……主題這樣換來換去，沒有長時間地浸下去，是收藏的大忌，這也是我不能成家的原因。不過，我也沒有立志做個主題收藏家，一切隨緣，只求有一點點閑情，寄託在可供佔有的小東西上，不要因工作緊張而失去小情趣，那就夠了。

近期收藏主題是：睡貓，廣東話叫「瞓覺貓」，好像有趣得意些。看看藏品，把玩把玩，暫時忘記世間煩惱，也算健康療法。

一九九四年九月二十至二十一日

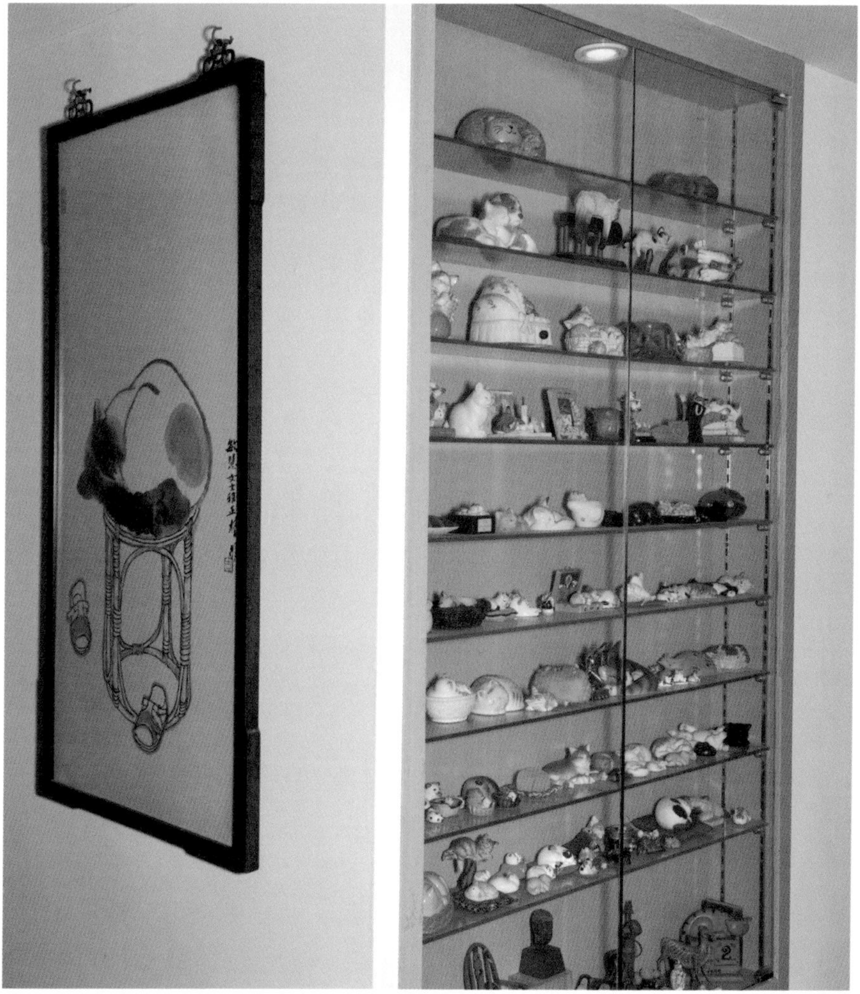

▲小思部分睡貓收藏

小意思

從舊車票見民生——收集車票

設計單調、沒有鮮豔圖案的舊車票，乘客多數一用即扔，但它貼近大眾生活，從中可窺視民生，因此仍受到不少收藏者的青睞。以電車車票為例，單看站名已覺趣味盎然。原來以前電車路上有一「書信館」站，位於現今的環球大廈，原址是香港郵政總局，當時郵局又稱「書信館」，所以車站便以此為名。車票背後的廣告也堪玩味，在舊車票上可找到現今鮮見的「增肥丸」宣傳標語，可見當時物資匱乏，不少人都設法給孩子「增肥」，補充營養，以免影響發育。

一張舊車票也像一面小稜鏡，反映了香港歷史的發展：日治時期的電車票多以印章蓋上價格，當時原本幾毫的車資，短時間內急升二百倍至「金貳拾圓」，見證戰時通脹厲害。七十年代以前，車票下緣都標明英國印製，有傳六七暴動以後，政府把車票改為本地印製，以安撫民心。

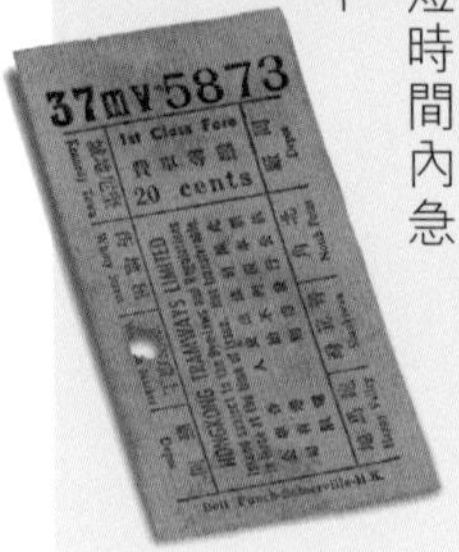

▲昔日售票員在車票上打孔，標示上車車站，以便乘客下車付款。

收藏嗜好（一）

我的收藏態度並不認真，跟父親一樣，玩玩而已，沒有研究，故成不了收藏家。

我有兩種嗜好，分別承傳自父親母親。

父親好收藏，收得很雜，記憶中，家裏許多他自製的木箱，一箱箱疊起來，所藏的有銀幣、紙幣、郵票、小型舊銅器、陶瓷花瓶。看來他有點信手拈來，不太專一。

▼母親的醫藥筆記

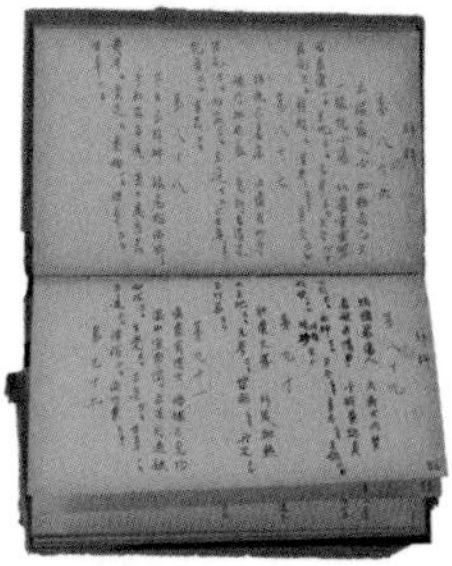

也許我還是個小孩子，他沒對我說甚麼有關知識，但一年兩三次的打掃、執拾工作，必由我負責。母親好剪報，她只剪存時事新聞和中醫中藥資料。每天看過報紙，要剪貼的就用鉛筆做個記號，留待星期天，我來細做，按日期先後藏好，只有中醫中藥部分，是她親自處理。

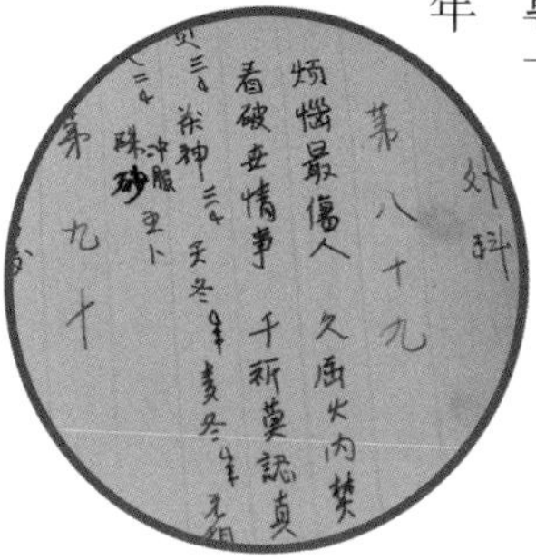

▲小思的收藏（左上：茶包袋；右上：食店名片；下圖：牙籤袋）

不知不覺間，我也養成了這兩種習慣。

我的收藏也很雜，都是日常生活接觸得到，不必特別用錢去買的東西。收得最多是車票，電車巴士車票都有四個數目字，初中時我已收藏了許多四字相同的號碼、兩號兩號相連等等精品，也藏戲票、父親廢棄的馬票。可惜居處狹窄，又連年遷徙，搬家就得忍痛捨棄。不過，既已成習慣，便屢棄屢藏。到今天，我仍有藏物的「壞」習慣，前些年，收火柴盒，由於禁煙，打火機方便，火柴不再流行了，我又整批送了給朋友。現在我正蒐集本地食肆、酒店的名片和牙籤袋。這最容易得到，又真多姿多彩，更不佔地方。

我的收藏態度並不認真，跟父親一樣，玩玩而已，沒有研究，故成不了收藏家。（二之一）

二〇〇五年十月廿七日

小意思

反映民生的盒子——火柴盒

以前，火柴幾乎是家家戶戶必備的日用品，於是商人利用這個機會，向客人派發火柴，並在盒上賣廣告宣傳商品。火柴盒上的廣告貼畫稱為「火花」，火花不僅展示了商戶的廣告，也反映了當時的社會風貌。比方説，在上世紀五、六十年代，某些酒樓的火柴盒上會印着「全部冷氣」作招徠，可見冷氣機在當時是很罕有的；不同年代的火柴盒上，商店的電話號碼長度不一，正好説明了電話日漸普及，政府要加長電話號碼以應付需要。現在這些火柴盒一盒難求，要欣賞這些有趣漂亮的火柴盒，只好等到火柴盒展覽了。

收藏嗜好（二）

從前我常鼓勵學生該養成一些收藏嗜好，只要不沉迷，總有「養志」的好處。

母親的剪報習慣，我也一直承傳下來。小學中學，我的時事剪報很得老師稱讚。不過，仍因佔地方太多，總是儲上幾年，就無奈扔掉。近三十年，我訂定了專業主題，全是香港文化、文學。有了專題，分類更細，找起來十分容易，但佔地也愈來愈多。幸而在我退休後，它們得到中文大學圖書館收容，才不致浪費。剪報，對我來說，最初只是屬收藏嗜好，到後來，變成專業工作，已經不能叫做嗜好了。

在報上常見訪問各類物品的收藏家，我很敬佩他們的堅持。由於堅持，藏品積存豐富，繼而求知研究，往往因此成為該項藏品的專家。他們對某一種東西，不離不棄，認真地從中取樂，更會公諸同好，例如有人辦了間古董電風扇博物館，小小規模，仍見其情之切。最近我參觀了一位微型品收藏家的藏品，那精微巧妙，品種之多，造型非凡，真令我大開眼界。看她沉醉在每一藏品的神情，精研的態度，我知道嗜好已與她的生命混為一體了。

從前我常鼓勵學生該養成一些收藏嗜好，只要不沉迷，總有「養志」的好處。可是近年所見，年輕一輩，瘋狂花父母的錢去買藏品，竟到了不擇手段的程度。幾年前，我在青年留連的精品商鋪外，看見大羣小孩在炒賣閃卡，一個小學生對我說：「沒錢賺，藏來作甚？」不禁倒抽一口冷氣，原來他們的嗜好是賺錢，那還有何話說？（二之二）

二〇〇五年十月廿八日

小意思

收藏香港文學的記憶——香港文學資料庫

香港文學資料庫由香港中文大學圖書館於二〇〇〇年建立，是首個有關香港文學的網上資料庫，免費供人瀏覽。資料庫涵蓋範圍甚廣，包括香港報章文藝副刊文章、其他報章文章、學報及期刊文章、香港中文大學大學圖書館之館藏香港文學書刊、學位論文共逾五十萬筆資料，大部分材料都來自小思的收藏。小思花了二十多年研究香港文學，為了不浪費所得資料，便將之變成「公器」，悉數捐給香港中文大學大學圖書館，並以弘一法師的話勉勵日後有志於香港文學研究的同好：「我到為花種，我行花未開。豈無佳色在，留待後人來。」

儲寶與歎

日子久了，科技急速發展，各類型號機器，早已一代換一代。

從小喜歡收藏資料，最初是剪報、票據、車票，自六十年代開始，我就利用錄音機、超八米厘攝錄機來記錄音影資料。一切都應是寶。

巨型捲帶錄音，曾錄下：李安求的《幸福是……》、《幸福玻璃球》廣播節目、曾克耑老師的詩歌吟唱、戴天在筲箕灣嘉諾撒修院學校的演講、學生的詩詞朗誦。超八攝下了學校師生活動、舊日街景。往後，用大小盒帶錄音機，錄下電台各種訪問、自己在內地訪問老一輩作家。輕便手提攝錄機攝了許多文化活動，例如中大的新詩朗誦夜，瘂弦、余光中、戴天都在。一大堆捲帶、大中小型錄音錄影盒子，存放在不見天日的地方，一剎那就過了幾十年。

日子久了，科技急速發展，各類型號機器，早已一代換一代。結果舊機放久了開不動，只好作廢報銷。沒有機就沒得播放，帶也沒用，找出來竟發霉黏成一團，沒得救。從此，早年聲影，就此消逝。

今年書展，年度作家是西西，要找些早年資料。我記憶中一九八二年在電台曾有一個《五分鐘專欄》節目，陸離曾訪過西西。一九八三年有過柴娃娃、圓圓的口述專欄，應該屬可貴的材料。誰料找出來試播，卻「死帶」。只好望寶興歎。幸而貿易發展局還有專業人才，能把死帶變成光碟，雖然聲音有些變異，仍算保留下來了。

抽屜裏還有因機械型號改變而無法播出的寶物，真不知如何是好。較近期的未霉黏，尚可請影音店代轉為光碟，可是費用不菲，吃不消，又只好興歎。

二〇一一年七月三日

小意思

舊日攝影工具——超八米厘攝錄機

現在要拍攝難忘時刻，不少人都用數碼攝錄機攝下，然後把錄像檔案輸入電腦重溫，但在數碼影像面世前，人們又怎樣把影像保存下來？原來在六、七十年代，人們普遍使用超八米厘攝錄機（Super 8 camera）攝錄影像。超八米厘攝錄機在一九六五年推出，是一種使用寬八毫米、單邊穿孔膠卷的攝錄機。所謂「米厘」其實是毫米的誤譯，日文稱毫米為milli（英文milli-metre的簡稱），結果華語地區借用了日文漢字「米厘」，把Super 8 camera譯成了「超八米厘攝錄機」。

超八米厘攝錄機的膠卷只能錄三分二十秒的影片，所以當時的人十分愛惜膠卷，再加上操作攝錄機並不如現今的數碼攝錄機般簡單，因此拍攝者會在拍攝前認真計劃，以免浪費膠卷。超八米厘攝錄機的設定需要手動調校，拍攝後還要把膠卷送到沖印公司沖印，幾天後才可以取回，若要求更優質的影像效果，就要寄到外國沖印，往往要等好幾個星期以上才看到拍攝成果。

時代憶記

近來把舊物翻出來，我竟然發現許多媽媽年輕時寫的詩詞文稿。在她為人母後，她不斷抄藥方，還清楚注明是誰生病、病況如何和吃甚麼藥。這些行為，我肯定不是父母有意教育我的，但我從小到大看着他們這樣做，自然將這些行為模式「內化」成我生命的一部分，說不定這就是所謂的「薰陶」。

錶

錶面變得這個樣子，可以作兩個不同的設想：現在，人對時間的準確性，不再重視了。

最近，流行的手錶款式，是錶面沒有數字，或者代表數字的符號。深顏色或陰陽色的錶面上，空蕩蕩地只有兩支指針，無涯地走着。朋友手上有一隻，問她甚麼時間，她伸手給我看，我看了等如沒看，因為看不出指針究竟準確指在何時何刻。她說最初是有些不方便，但習慣了就沒困難。

從前，手錶面上除了清清楚楚有十二個數目字外，還仔細刻了分度；長短針不夠，又加一支秒針。後來，再加上星期日曆小格子，錶

面就更複雜化了。雖然有時也會叫人看得眼花，但畢竟擺出一副極度精密、分秒不差地量出人的生命時光的神氣。那支秒針滴滴的跳向前，定睛看住它，真令趕時間和珍惜生命的人心驚膽跳。但兩支長短針，是呆板些，可是，看慣了，也不覺有甚麼不對勁。誰會像豐子愷那般閑情：在鐘面畫幾絲垂柳，又用黑紙剪成兩隻燕子，黏在兩支針的頭上，構成一幅燕子飛逐在楊柳之間的圓額畫面。就是沒想到，不幾年間，變得如此乾淨利落，只剩下兩支針。

錶面變得這個樣子，可以作兩個不同的設想：現在，人對時間的準確性，不再重視了。說時間三十分和三十二分有甚麼大分別？約朋友辦公事而已，又不是倒數火箭升空，何必認真？反正，自己認真，如果碰上不認真的朋友，等呀等的，看住分秒分明的手錶，急出腦充血來也不稀奇，有了個這樣的錶，儘可暫時「蒙蔽」自己一下，對遲到的人，不會戟指而罵，大家一團和氣。另外：由一至十二，長短針循環不已，有始有終的運行，無論在形態上、哲學上，都未免太呆滯而過於實際。錶面一片空寂，只餘兩針，茫茫中你追我趕，無所始也無所終，這就顯示了「無涯」！時間不再是可以數得出來的數字，兩針不再量度人的生命，它們走向無涯，一遍一遍掠過，可能一無所得。如果有這種設想，最好買隻深藍色錶面的，那會顯得更深沉更無限。

當然，沒字的錶，恐怕很快又被沒有針的錶取代了，因為市面上已經出現了只有數字跳動的電子錶，那屬甚麼層次，我暫且不想它。

一九七四年六月廿七日

小意思

用日影和水滴來報時

在時鐘發明以前，中國古代有不同的報時工具，日晷和漏壺是常見的兩種。日晷是利用太陽投影方向來報時的工具，石製的晷面中間立着一根銅製的晷針，人們根據晷針投在晷面的影子位置來辨認時間。香港也有一座日晷，那就是豎立在香港科技大學門前的日晷地標。

除了利用日影報時，古人還想到利用水報時，漏壺（銅壺滴漏）是常用的方法。漏壺多為圓筒形，底部有一個漏嘴，壺中裝上刻有時辰的木箭，當水從漏嘴流出，水箭便會下降，指示時間。後來發展出多壺式的漏壺，以改善單壺滴水速度不均的問題。水由頂壺開始，由上而下以恆定的流量滴到下一個壺中，最底的受水壺立着一根刻有時辰的銅尺，尺前有浮箭，浮箭會隨着水位升高，指向銅尺顯示時間。

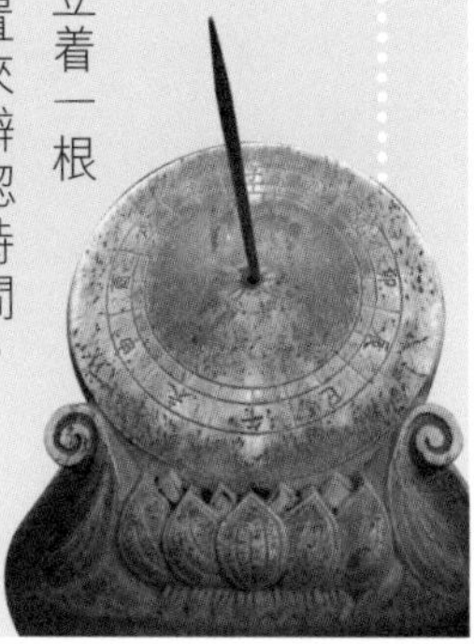

手錶的疑惑

手錶行開得成行成市，就暗示手錶工具性質不再，成奢侈品了。

短短一條波斯富街，竟有二十五間鋪位開了手錶店。

每天報紙，手錶廣告及特輯，佔了許多版面。

細看式樣，極複雜的錶面、令人不易一看就知道時間的手錶多的是，而價錢昂貴得要細數幾個位數字的更不少。

研究香港文化，我特別留意廣告，那是最如實反映社會某些狀態的資料。二三十年代，報紙廣告常客是汽車和煤氣用具，正顯示現代化的進程，可是也非一般平民所用，例如我家一直沒有汽車，五十年代仍用火水爐。可想像那兩樣東西都只吸引上等人士。手錶廣告五十年代出現較多，學生時代最難忘的是在《中國學生周報》永不移位、不變樣的天梭錶廣告。

手錶，作用明顯是報時，或加報日子、分秒。新款的還具備定向、世界時區、氣候、氣壓測計，甚至攝錄等等。能買那麼貴手錶的人，是否都用得上或有時間用上種種功能呢？而且近年手機已足以代替手錶許多工作，手錶已變成裝飾，或以其名牌錶顯露擁有人非富則貴的身分。手錶行開得成行成市，就暗示手錶工具性質不再，成奢侈品了。

歷來手錶廣告照，時針分針例必停指在十點十分左右，廣告設計師告訴我，這樣是為了烘托在十二字下的商標或牌子名。最近發現這定例改變了，有個老牌手錶，錶面花碌碌，遷就圖樣，一隻價值二十二萬瑞士法郎的手錶，為了突出昂首的龍頭，廣告照上時分針就定在一點二十五分上，沒標出牌子名字，這又成另類例子了。

手錶，是否用來報時？真疑惑。

二〇一二年三月廿四日

▲《中國學生周報》七十年代的天梭錶廣告，每個錶面的時針分針都指向十時十分。

遙控器

因為太容易了，輕輕動一指，就從心所欲抹掉自己不喜歡的眼前人事景物。

在一間古老的歐洲旅店裏，我發現了自己與電視遙控器的親密關係。

出外旅行，習慣了一進旅店屋子，就打開電視機，晚上沒有夜間旅遊節目，也看電視節目，不懂當地語言沒關係，反正畫面展示的，總懂得一點點。我特別注意的是廣告和新聞，足可猜度該地的生活水平、文化風格等等。

沒有節目表在手，好多個台播不同畫面，躺在牀上，拿着遙控器轉台，閃來閃去，自可「撞」中值得看的東西。

法國路德——朝聖治病的小鎮上，旅行團住進一家古老旅店，古老得像電影裏所見二三十年代的佈景。木門木窗木地板咯咯作響，

一面大鏡子照着整張牀，嚇得許多團友怨聲載道。我倒很欣賞它的舊風味，打開木百葉遮陽窗，看見後街小巷人家，陽台上有男女乘涼，悠悠然的夏夜風情。

屋子很古老，但為迎來客，仍裝了電視機，老式匣子，就當然沒有遙控器了。

躺在牀上，一號台正長篇大論二人對話，想看二號台，下牀去按鈕，一閃廣告剛完，是足球比賽，又爬下牀去按鈕，三號台正播港產打鬥片，看一會不是味道，又爬下牀去按鈕，四號台播配音美國片集……五號台……六號台……走來走去，人都累了，十分麻煩，索性關了電視，躺在牀上發呆。

忽然想起一位美國社會學者的話，電視遙控器的發明，可能是一種「災禍」，養成人類輕易轉台的習慣，沒始沒終，隨便轉換面對的對象，沒耐性、輕浮——因為太容易了，輕輕動一指，就從心所欲抹掉自己不喜歡的眼前人事景物。

我竟然那麼想念和需要遙控器，是它方便了我，還是馴服了我？社會學者的話打擾了我半夜睡意。

一九九四年八月十九日

手稿

再過一段日子，「手稿」這個詞，可能變成歷史名詞了。

再過一段日子，「手稿」這個詞，可能變成歷史名詞了。下一代人無緣看名家手稿，要看也只能看九十年代或以前的「遺物」，一切恐已成定局。

手稿，很有人味，作家個性一一呈現。每看到發黃稿紙上，一個一個字體，不同墨迹，有修改有粗線勾刪；彷彿看見作家在冷雨敲窗、寒夜挑燈情景下的背影。

手稿，很有啟示後學作用。魯迅、沈從文、卞之琳的手稿，蠅頭小字，一筆不苟，當知名家之作，實在得來不易。一字之刪增移位，都見斟酌心血。

自從發明了塗改液，手稿面貌已生變化。現在兩岸三邊以華文創

作的人，愈來愈多採用電腦了。電腦的文字處理，的確方便，修改移位，一按鍵盤，就把錯誤消滅了，旁人可說只見最完整、最後的文章面貌，初稿如何，簡直無迹可尋。至於字體，反正打印出來，十分齊整，是易看，卻少了個性。

有個性的字迹不一定好看，據說從前一些作家的字體，只有極少數排字師傅懂得，他們從不懂，耐心學到看得懂。現在那些植字或打字人員，特別年輕一輩，看不懂就是不懂，毫不賣賬，作家還是乖乖學用電腦，免人家吃力。據說很快會發展到打好就傳入報館電腦，連傳真也不必用，雙方都省紙。這樣子，「稿紙」、甚麼「爬格子動物」，一律成為陳迹，還說有人味的手稿作甚？

時至今天，仍有死硬派堅持，以腦使手，由手運筆，創作才能順暢，也仍有戀戀於筆的文章生命感的，手稿還可存在。但，時代真的一去不返了。以後，不用電腦的人，可能活得極不方便，而下一代人，養成習慣，不用電腦就不能創作。那時候，「手稿」一詞，只能在辭典中查到了。

一九九四年四月十五日

小意思

小思和母親的手稿

在小思的收藏中，有她求學時的功課手稿，也有母親的詩作手稿和醫藥筆記。一疊疊舊手稿的墨迹，盡見小思對「爬格子」歲月的緬懷，以及對母親的點滴紀念——這些都是她所說的「人味」，是電腦打字無法取代的。

◀十二歲時的作文

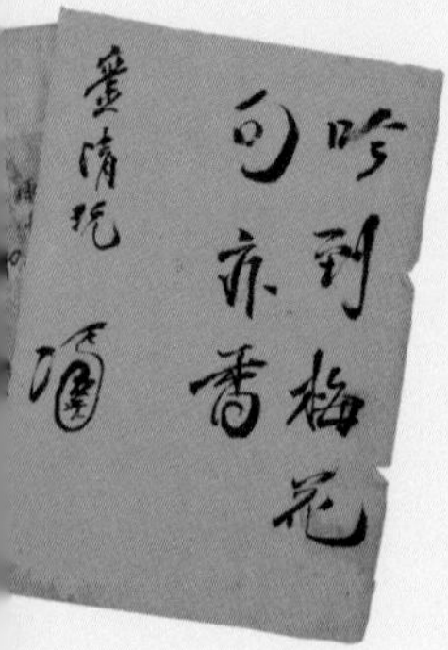

◀母親的詩作手稿

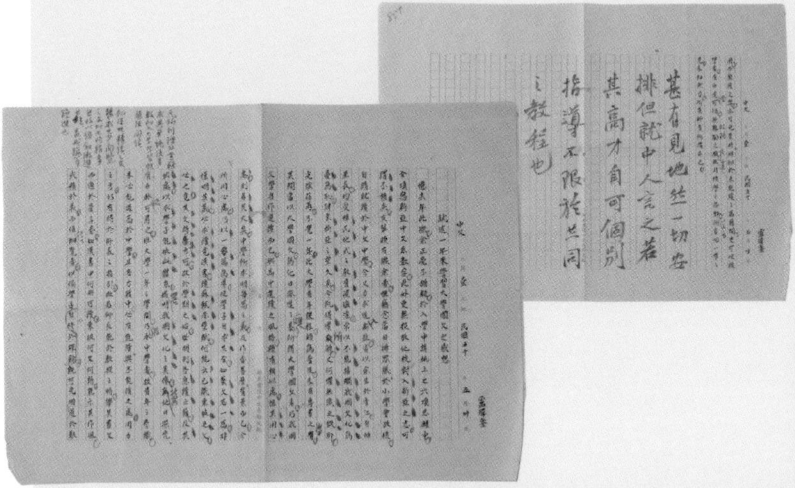
甚有見地然一切安
排但就中人言之若
其高才自可個别
指導不限於共同
之教程也

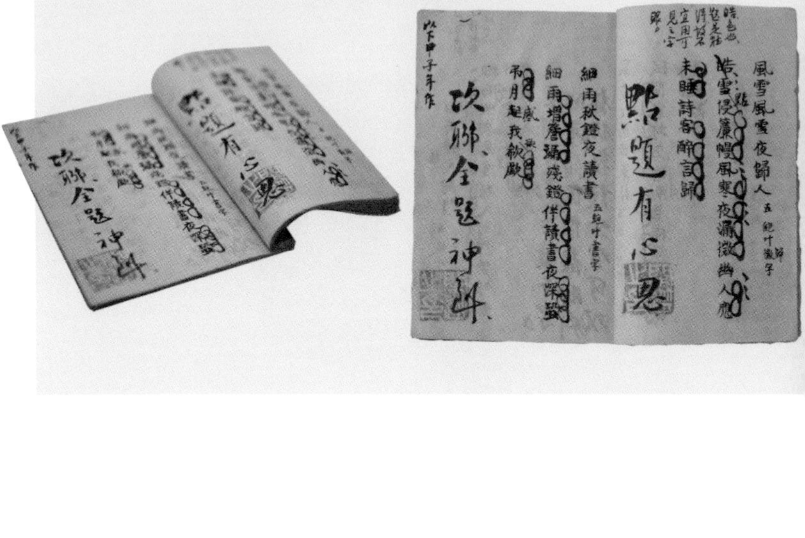
以下甲子年作
風雪風雪夜歸人
點題有心思
細雨秋鐙夜讀書

數碼相機出現後

「實在」，很重要，多用了數碼相機，我怕自己也變得不實在。

每一種新科技產品出現，都令人類生活形式大大改變。光纖、數碼化等效應，更見改變急劇。

日常生活，不是人人用電腦，電話卻幾乎無處不用，照相機也愈來愈易在手邊。最近，手提電話的拍攝功能，更易如反掌。某些場合，只見手提電話齊舉，原來不是通話，而是拍照，忽然覺得，人類的等閑活動，都在大曝光。

從物質貧缺的日子活過來的人，就知道攝影是奢侈的。不是家家有攝影機、膠卷，沖曬費也不便宜，要拍照，往往煞有介事。父親遺

下一具名牌相機，我是中學同學輩擁有相機，而又樂於替人拍照的人，每遇可記活動，我都十分珍重拍照的機會。但由於每張菲林很貴，不敢胡亂按鈕。養成省用習慣，後來儘管條件好得多，還是不亂拍。

自從用了數碼相機以後，我對捕捉物像、動態的感覺，起了很大變化。相機輕便，天天帶在身邊，遇到甚麼情況，毫不猶豫，舉機便連環快拍。不用膠卷，沒有浪費的罪惡感。重看所拍影像，又可任意刪除。呼之則來，揮之則去，看似瀟灑，實則「揮霍」。一拍幾十張，只取一張。刪除，太容易了！

聽說好幾位攝影家堅持不用數碼相機，覺得不夠實在，不知道他們還有甚麼技術上的考慮，我想這必然有專業的道理。「實在」，很重要，多用了數碼相機，我怕自己也變得不實在。

二〇〇五年十一月廿五日

小意思

一格一心思——菲林攝影

「菲林」是英語「film」的音譯，意指膠卷、底片。以前，人們都是使用菲林攝影的，一卷菲林通常最多只有三十六格，每格都十分珍貴，用過的菲林不能重複使用，加上拍攝後，要在黑房沖印才知道照片效果，所以拍照前，大部分拍攝者都會用心構思，仔細研究取景角度、人物動作、影像信息等等，務求把最美麗動人的一刻記錄下來。隨着科技進步，現在不少人都改用數碼相機攝影，即時查看照片效果，稍不滿意，即刪除再拍，甚或利用電腦軟件作後期修改，相比之下，以菲林拍攝的照片就充滿拍攝者的心思和誠意了。

對付塵世

利用遙控器指揮它，搞了大半天，它卻不聽指令，應左卻右，該前退後，活像個頑皮小傢伙。

早知這是塵世！

家的前後都臨界通衢大道，二十四小時車輛穿梭，滾滾凡塵，無孔不入。我秉承庭訓：「黎明即起，灑掃庭除，要內外整潔。」上午掃抹地板一遍，可到了黃昏，又見蒙塵，忍不住，又再掃抹一遍。

用舊時辦法，掃帚不成，只會揚起塵頭。用吸塵器，既要裝嵌又要拖拉電線，一天兩趟，實在麻煩。用拖把靜電除塵紙，推動巡迴走動，當作一天運動量，本來不錯，但正牌吸塵紙很貴，便宜的又不太見效，結果微塵吸了，稍大的小垃圾，仍留在地板上，到頭來還是用上吸塵器。

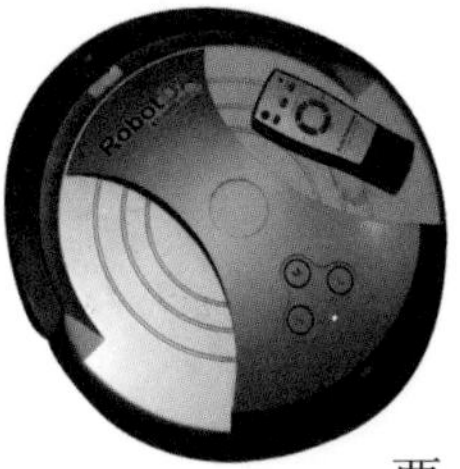

天天為塵世事傷神，好友勸說掃了又來，何必掃？隔幾天才掃一次與每天掃兩次，都是面對塵世，不要執着。但行出行入，眼見污穢，過不了自己一關。

消息傳來，日本已開發家居用機械人，想着科技一日萬里，盼望有生之年，可買個機械傭人幫忙家務。如今有具外貌不似人，卻圓墩墩的，可前後左右自動移動吸塵的機械「人」，沒電了還會自動回到儲電器身邊上電，一具智能吸塵機械人！夠好玩，我決定買下來。

利用遙控器指揮它，搞了大半天，它卻不聽指令，應左卻右，該前退後，活像個頑皮小傢伙。累得我追着它，不自覺連連叫道：「喂喂！呢度呀！左邊呀！向前呀！喂喂！」

這是我對付塵世的一段速寫。

二〇〇七年八月廿六日

自從有了手機後

手機功能愈來愈複雜多樣化，結果產生的問題也非前人可想像。

手提電話出現，改變了無數生活形態，也增加了不必要的人際矛盾問題。

青年一輩沒經歷過借用電話的艱難，五十年代要裝電話，幾乎要出盡人事辦法，甚至要行賄，電話是珍品。六七十年代進步了，商店電話可借用，但仍有「孤寒」店鋪把電話藏在隱蔽處，或標明「電話恕不外借」、「限用三分鐘」。在街上遇有要事，得沿街東瞄西望，看哪家店有電話可借，走進店內，低聲下氣說：「唔該借電話用用」。正因如此艱難，人際相約，必然一言講定時間地點，絕不改變。

今天，人人有了手提電話，邊走邊講，已是常態。我們已習慣「到時通電話啦」。有一次，我忘了帶電話，就十分狼狽，想向店鋪借用電話，才發現原來沒幾家店會擺固網電話。而那天，竟若有所失的不安。

拿起電話的用語，早在不知不覺間改變了。從前，「喂，搵邊位？」或「喂，我係某某。」現在不必多講，熟人都在手機上示號了。反而多說：「你而家喺邊度？」或「你去到邊？」或「而家方便講兩句嗎？」或隨時通知對方「我塞緊車」，遂安心遲到。

手機功能愈來愈複雜多樣化，結果產生的問題也非前人可想像。馮小剛的《手機》大概已詮釋了許多。由於可翻查通話資料、可留言、可飛線、可偷線……一切祕密無所遁形，不必要的誤會也因此而生。最奇怪的是人對擁有手機者有一要求：「我打電話找你，你一定要聽得到。」不止一次，我因忘了取消飛線或啟動了靜音，接聽不到打來的電話，惹得對方生氣。

短訊，更是靜默的呼喚。甜言惡語，廣告資訊，盡在小光屏中。

二〇〇九年三月廿八日

且說電話

今天，恐怕「沒有了手提電話」才是不能想像的「災難」。

科技可以完全改變人的生活形態。例如自從幾乎人人一具手提電話後，語言與肢體動作都改變了。

從前接聽電話的開始語是：「喂，搵邊位？」撥電話者的開始語多為：「喂，唔該請某某聽電話。」現在則不必查詢是誰，一接通即說：「你喺家喺邊度？」我非竊聽者，可是用手提電話的人，往往毫不顧慮私隱問題，在公眾場所高聲講電話，十分張揚。旁人被迫聆聽別人的家庭故事、人際是非。我還發現許多人公然說個小謊，明明所乘電車正駛近銅鑼灣，他卻說「我喺家喺中環」。至於肢體動作，幾乎與手提電話相依為命，旁若無人。

電話方便到如斯地步，青年一代恐怕不能想像電話曾經如何難得。讀五十年代通俗小説（也可當作散文）《懵人日記》，説到安裝電話之艱難，要付一筆數目驚人頂手費（轉讓費），但一旦擁有就身價百倍。文中提到同屋大人小孩都來「欣賞」一番。這不是誇張描述，乃真實情況。記得一九五一或五二年，我家裝上了電話，左鄰右里上下樓層的街坊，都來看看兼常借用。商鋪為了生意，都裝電話，但那矜貴程度，簡直令想借用的人難堪。有店主把電話用木箱藏起來，也有標明「電話恕不外借」，（最近也見茶餐廳門外標出「廁所恕不外借」）偶有可借的，借用者飽受店員冷眼，比借錢還要淒涼。

今天，恐怕「沒有了手提電話」才是不能想像的「災難」。萬一忘記帶電話，那天的生活秩序立刻打亂。真恐怖！

二〇一一年七月九日

小意思

看號碼知地區——香港舊時電話號碼

香港開埠初期，固網電話號碼只有五個數字，每個地區都有特定的地區碼，香港島的是「5」（代表符號是H），九龍的是「3」（代表符號是K），新界的是「12」（後改為「0」，代表符號是N），撥打區內電話只需按五個號碼，但致電到其他地區就要先按地區碼，才按電話號碼，所以人們撥打電話號碼時，要先弄清楚對方的居住地區，否則就得「號」無所用了。

隨着家居電話日漸普及，五個數位的電話號碼供不應求，電話號碼曾改為六個數位，直至一九八九年地區字頭取消，全港的固網電話就劃一為七個數位。到了一九九五年，所有電話號碼前都加上「2」字，變為八個數位，這個號碼長度一直沿用至今。

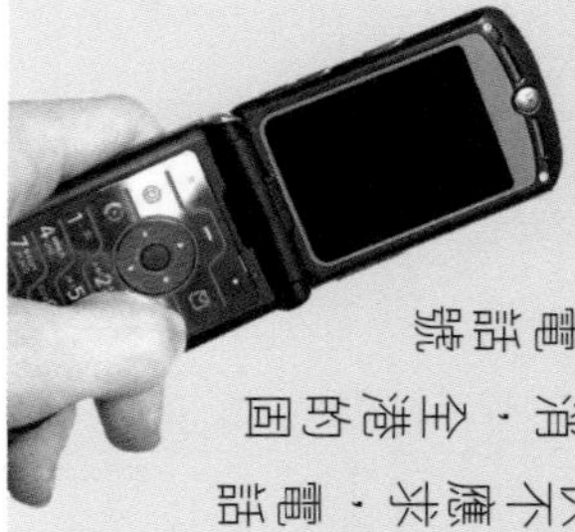

物中情理

於是我明白，有些實質東西不會永遠屬於我，但許多和物件相關的精神、人的思想，卻可以傳播開去，留存下來。

小酒杯

這小酒杯沒有顯赫的故事，沒有數字驚人的身價，但它卻深知一個老人二十七年來的情懷。

這是一隻小酒杯。

一隻日本式小酒杯，像隻縮得很小很小的飯碗。土黃色釉，交錯着細緻而複雜的冰裂紋，沒有半點火氣，溫和如一個沉思的老人。

當中一條大裂痕，記錄了這隻小杯曾破成兩半的歷史。不知道誰用強力膠水把它重合起來，膠水用多了，乾後仍帶濕的感覺，像一注淚，躺在杯中央。

杯外壁繪了一雙穿農民衣服的日本男女，歡愉的表情和舞蹈的姿態，看來正為豐收而歌舞。

無論筆法和筆意，完全是竹久夢二的風格。

這小酒杯沒有顯赫的故事，沒有數字驚人的身價，但它卻深知一個老人二十七年來的情懷。

也許，在冉冉消沉的夕照中，在紅了櫻桃、綠了芭蕉的窗下；也許，在風雨如晦的日子裏，它伴着老人，默默看幾頁書，抄一首詩，畫數筆畫。或者，它更清楚在沒有紙沒有筆的歲月，在焚畫如焚心的可怕時光，老人如何把愁苦壓成碎片，然後和酒吞下，它感到前所未有的苦澀，它感到老人無力的唇的冰冷。

這隻小酒杯沒經名窰的火，瓷土和釉，也說不上甚麼名堂。只能說是機緣，二十七年前，它躺在小攤上，就無端的中了過路的畫家的意，從此，它就由台灣到了海峽的另一邊。

它沒有甚麼履歷，有的只是畫家妻子寫下的幾個字：

「小酒杯一隻，係子愷於一九四八年從台灣購得，生前常以此飲酒。」

它如今，溫和如一個沉思的老人，躺在我的書櫥裏。

一九八一年一月十八日

背囊

但從前用背囊的人，大概都走郊野山路，就是走到城鎮，人不那麼多，前後不會擠滿人，怎麼轉身，也不會碰到別人。

在人口密集的香港，流行揹背囊，真是一件值得人思考的事情，特別值得我思考，因為：我矮。

最初，有點冷不提防，在人擠的地方，站在人羣中間，突然給人家的背囊朝着頭臉橫掃，差點連眼鏡也摔掉。以後學乖了，總空着一隻手，提高萬二分警覺，凡遇揹背囊的人，又非站在他們附近不可，就會握拳伸掌，他們一有異動——轉身背向我，我就用拳用掌，先下手為強，推擋背囊。這樣幹，的確可避過橫掃頭臉之災，但卻弄得自己緊張得很。

背囊，是怎樣的一種盛器？

早在幾千年前，埃及人已經用上背囊——在開羅博物館可以看到。中國人很早也用背囊——玄奘法師取西經就用大背囊。研究一下力學，肩背的承受力最強，又能空出兩手，幹更多的事，很好用。但從前用背囊的人，大概都走郊野山路，就是走到城鎮，人不那麼多，前後不會擠滿人，怎麼轉身，也不會碰到別人。

其實，一個人揹背囊站着，就等於佔了兩個人的空間。許多人都忘了這個佔空間的問題，現在的人，多是「顧前唔顧後」，背囊又沒有「感覺」，他們可以完全不負責任。

據説，用背囊背重物，對筋骨最少傷害，又能保持體型正常發展，空出兩手更方便更自由。至於在擠迫人羣中，佔了過多空間，又或無意對矮人如我造成滋擾，卻非推銷背囊的商人，或背囊主人所關心的。

天下事，還有無數值得我們關心和思考的，我卻偏偏為這件事思前想後，只因對「顧前唔顧後」的背囊現象，深有所感。

一九九三年十二月廿二日

小意思

中國古代「背包客」——玄奘法師

近年流行稱呼揹着背囊長途旅遊的人為「背包客」(譯自英文 backpacker)。其實，早在一千四百多年前，中國已有一位聞名天下的背包客——玄奘。

▲小思所藏用以代表「傳播知識」的玄奘小像。

玄奘俗名陳煒，自幼愛好佛學，十三歲受度為僧，長大後有感當時佛教各派說法不一、佛經翻譯訛誤甚多，遂決定西行至天竺(即今印度)求法，以梵文經籍來釋惑。他因得不到朝廷允許，於是冒險偷渡出境，隻身前往天竺。玄奘孤身上路，只背着一個竹製行囊，踏過一百一十個國度。在西行路上，他遇到重重困難，例如他曾獲高昌國國王賞識，受到厚待相留，卻以絕食表示前行的決心。玄奘這次西行歷時十七年，最終帶着六百多部經書載譽回國，對佛經研究和佛教發展影響極為深遠。

在紅白藍膠袋之前

紅白藍膠袋的出現，連繫中港兩地關切的人情，那時候，關道算開通了，港人袋袋日用必需品，飽含温情，連年往內地送去。

忽然，紅白藍，成了香港文化的象徵顏色。

不是法國國旗，不是理髮店外的滾筒，是香港特具風格的膠袋。外國藝術展場中，紅館演唱會裏，活在西九的本土維權活動中，設計師心中時尚製品等等，耀目得很。對年輕一代來說，恐怕沒多少人會認識紅白藍膠袋背後的故事。

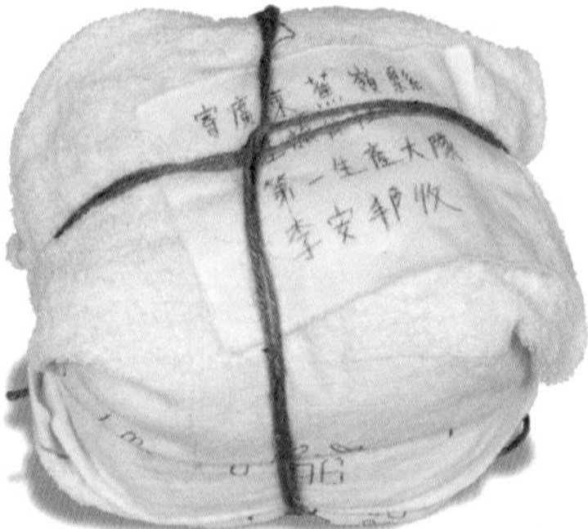

那是七十年代末，港人的集體記憶，事情距今不遠。紅白藍膠袋的出現，連繫中港兩地關切的人情，那時候，關道算開通了，港人袋袋日用必需品，飽含溫情，連年往內地送去。在六十年代的一輩記憶裏，在紅白藍膠袋出現之前，還該有布袋郵包。

內地一場大躍進運動之後，自然災害大饑荒，弄得人民無衣無食。在港有親友的還算幸運，每月獲得接濟。接濟方法很特別，為了通得過海關，郵包大小重量都要依足規定。港人聰明，用層層花布縫成小包，包住要寄的食物，白布或白毛巾作最外層，上面寫收件人姓名地址，就到郵局去郵寄。別小覷那層層小布包，收件人拆開後，再逐幅縫連，便稍緩無衣之苦。包內的油鹽糖，更是營養必需品，救活許多人。當年郵局堆滿布郵包，每月我也用毛筆為人寫上許多地址，記憶深刻。

在紅白藍膠袋之前，應該還有這另一種記憶。

二〇〇七年四月廿二日

日本手布巾

那條伴我夏讀的手布巾還在，但已變得微黃了。

友人送給我一塊包袱巾，從奈良唐招提寺買來的仿古織文樣，惹起我對日本手布巾一番憶念。

日文叫風呂敷的包袱巾，是舊式日人愛用來包東西，方便提着的手布，在膠袋流行前，街頭多見，男女都用，十分環保。近年卻少見了，帆布袋取代了它的位置，大概那兩個扎實活結不易打，青年人懶為之。但日人仍愛用的是手布巾。

手布巾，多用純棉織成，大約闊三十四厘米，對疊了就成十七厘米，長度約八十至九十厘米，形狀像條長頸巾。上印的圖案花款甚多，用途廣泛，常見日本人紮在額前、搭在脖子上、大日頭時蓋在頭上等等，拭汗、抹水、防曬。有時也用作簡單小包袱，或冬天作頸巾禦寒。

三十多年前，我在京都大學人文科學研究所圖書館讀書。古老建築物沒有空調，夏天二十八度高温，只靠幾把風扇嘎嘎作響搖着。下午蒸焗苦熱，昏昏然沒幾個人忍受得住。我就學管理員森先生，買了一條純白手布巾，到洗手間去用冷水把巾濕透，纏繞在脖子上，立刻一陣清涼，一振精神。等不足十五分鐘，手巾暖了，又跑去再弄濕，如是者不斷做，冷巾伴我清醒度過整個炎夏。

這個降温妙法，我在夏天旅行時常用。與我去過旅行的朋友，一定見過我用冷水濕巾搭在脖子上，或遇水便濕巾抹面的動作。

那條伴我夏讀的手布巾還在，但已變得微黃了。香港不流行手布巾，我到日本旅遊，倒會選購一兩條，並不用得着，只是一種憶念。近年手布巾花樣繁多，漂染美麗，可是柔滑質地總不及那條價廉的純棉白巾。也許，是那年那夏那地的感情漂染過，就柔純了。

二〇〇九年六月十四日

小意思

環保的包袱巾——風呂敷

風呂敷從前叫方包、平包，到了室町時代末期，才稱作風呂敷。「風呂」指澡堂，「敷」指鋪方巾在地上，兩組字合起來，意思就是在澡堂使用的方巾。當時的權貴在沐浴時，會站在風呂敷上更衣和用它包裹衣服，後來澡堂普及，風呂敷便在民間流行起來。在江戶時代，風呂敷的用途變得廣泛，可用來包裝衣服以外的物品，甚至成為必備嫁妝。至明治時代，風呂敷才被西方引入的皮包和袋子逐漸取代。

近年，為響應環保，日本環境省建議把可重複使用的風呂敷作為塑料袋的代替品，並在網上教授風呂敷的包裹和打結方法。風呂敷不但美觀和攜帶方便，而且用法靈活多變，年輕人也自創風呂敷的新用法，如用作圍裙、絲巾、裝飾品等，風呂敷因而在日本又流行起來。

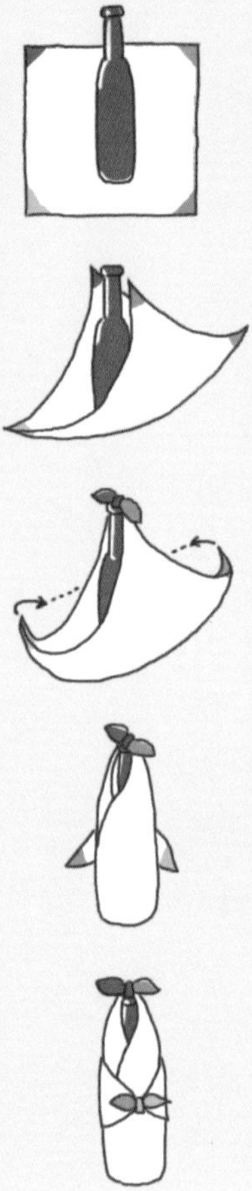

▶風呂敷包裹方法示例

手帕

手帕還是要用，分帶兩條，放入兩袋中，左袋放乾淨的，右袋放用過的，普通抹手抹臉放左袋，咳嗽噴嚏捂鼻用右袋的，回家分開洗淨。

在香港，遇到有人掏出手帕抹臉抹手，我總有遇知音同道的喜悅，也會細意察看他們用的手帕花紋款式，推斷那人的品味。

我從小就喜歡用手帕，儲了點錢就會買手巾仔，大大小小放滿一抽屜。香港人多不用，因此很難買到好看的。日本人一直習慣用手巾仔，從前大丸有專櫃，陳列的花款很吸引。大丸關門後，我只好趁到日本旅行，選些合意的。最近在中環港鐵站有一家店，竟有兩櫃名牌日本手帕，價錢跟日本差不多，可惜入貨手眼光差，俗氣的多。

說起用手帕，應該符合環保要求。香港人袋中沒手帕，愛狂用紙巾，真浪費。近年流感盛行，人們打噴嚏或咳嗽，頂多用手遮掩，連紙巾也不用，說甚麼衞生習慣？我倒慣趕快用大手帕捂住口鼻，以為十分顧全公德。誰料，我這少數用者，最近卻受到質疑。友人看見我用手帕，用完放回袋中，就大不以為然，搖頭皺眉：「嘩！咁唔衞生，細菌藏在袋中，恐怖。」幾十年來，從沒有人如此說過，似乎很有道理，嚇得我一大跳。想想也對，那真如何是好？手帕還是要用，分帶兩條，放入兩袋中，左袋放乾淨的，右袋放用過的，普通抹手抹臉放左袋，咳嗽噴嚏捂鼻用右袋的，回家分開洗淨。這樣做其實也不徹底，又麻煩，頗苦惱。

日本人愛潔，聽說近年為了環保，公共洗手間不再供應抹手紙巾，這難不倒他們，因為人人自備布手巾，或用吹乾器，問題可解決。但用過擤鼻的手帕，不知道他們如何處理。

看見香港有人洗手後，拚命抽取好多張紙巾抹手，我總想提倡人人自備布手帕，抹洗乾淨的手，不會不衞生吧？

二〇〇九年十一月八日

小意思

一方素帕寄心知——滿載情意的手帕

中國的手帕在東漢時已經出現。漢樂府《孔雀東南飛》中「阿女默無聲，手巾掩口啼」一句中，「巾」就是指擦淚的手帕。

手帕在中國文學裏多是定情或傳情的信物。唐代元稹《鶯鶯傳》中，張生和崔鶯鶯在手帕上題詩相贈，傾吐愛慕之情。明代馮夢龍《山歌》中，其中一首是當時民間流傳，關於手帕傳情的民歌：

不寫情詞不獻詩，一方素帕寄心知。心知接了顛倒看，橫也絲來豎也絲，這般心思有誰知。

作者借絲質手帕的諧音，寄託了「思」念愛人之情。

釋杖

如今必須借力扶持，恍然大悟，要倚杖，也需懂得方法。

自持杖行走後，不知是否心理作用，竟發現街上有許多持杖的人。細心觀察，原來持杖姿態有同有異。

《集韻》：「杖，所以扶行。」故雖然又可名為「扶老」，也不一定給老人家用，陶潛《歸去來兮辭》：「策扶老以流憩，時矯首而遐觀」，可見旅行登山涉水，不論年齡也可扶杖。不過當然，健康健步的人，不會平白無事，在街上平路扶杖。正因步履不穩者就要倚靠杖來

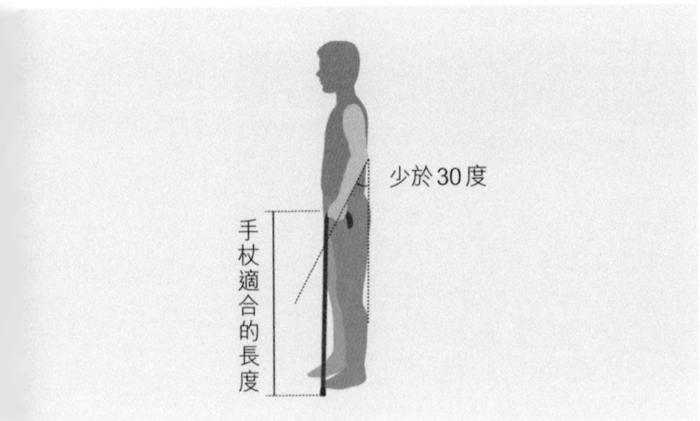

扶持，持杖姿態必須正確才有效。

閱清人曹庭棟《養生隨筆》，首要是杖形制：「其長與腰齊，上施橫幹四五寸，以便手執。」而「扶杖當用左手，則右腳先向前，杖與左腳隨其後，步履方為穩順。」我試觀自己用杖果然齊腰，橫幹不足三吋，卻剛配手形。至於當用左手，則不合規格，因我慣用右手，這樣自然左腳先向前了。況且我是左腳較痛，結果助力不大。我再看專售手杖的杖坊給我《如何正確使用手杖》指引，方發現用法完全錯誤。要從頭學習，頗見困難。

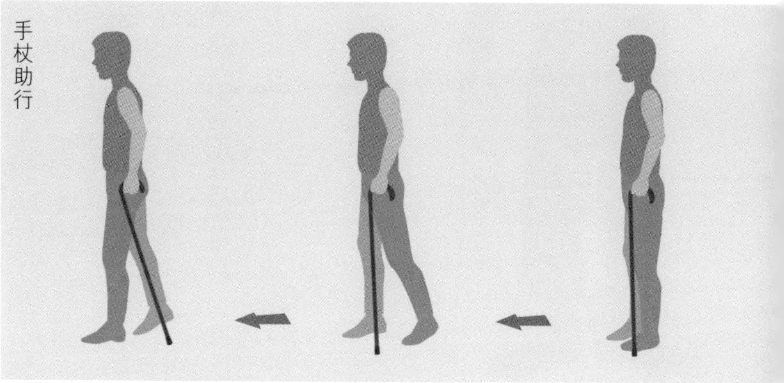

▲手杖助行的正確姿勢（灰色代表傷腳）

杖，為了借力，所以手力也很重要，手腳相顧，才配合得宜。如果杖身過重或不穩，都很危險。我見有些人用的手杖，既重又不穩，再加上如我的錯法，就用了等於沒用，有時連肩關節也疼痛起來。

事不經過不知難，小時候看着差利•卓別靈把小手杖搖來搖去，十分瀟灑，誰料他不是用來借力——也許這道具暗喻他身無長物，身世卑微，只靠小手杖借力。如今必須借力扶持，恍然大悟，要倚杖，也需懂得方法。

二〇一二年一月七日

創意小物件

有些事情令你煩惱，卻又不知該怎辦，他們就為你設計一種小物件，你一試用，恍然大悟，「係嚿，就係咁嘞」！

日本人擅長創意十足，體貼萬分的細節設計。

他們設計的小東西，往往叫用家方便而心暖。巧妙在：從你覺得不方便處入手設想，為你解決問題。有些事情令你煩惱，卻又不知該怎辦，他們就為你設計一種小物件，你一試用，恍然大悟，「係嚿，就係咁嘞」！

我旅行常戴帽子，遇上一陣風，得連忙用手按住，免被吹走。少用一隻手，很不方便。日本人就設計一條彈性帶子，兩頭都有輕易開關的小夾，一邊夾在衣領上，一邊夾在帽子後。風吹走了帽子，還是連在衣領上。最近在「東急手」（Tokyu Hands）看到一種小物件：亂碼

印章。標榜「個人情報保密印章」，也不是甚麼新奇東西，其實與一般常用原子印沒大分別，只是印出來是三四行密麻麻亂碼如×的符號。用來幹嗎？原來可印在一些要扔掉的文件某些想保密字句上，例如人名、地址、號數，把不想示人的資料蓋住。啤！那不就是我們用筆在文句上亂塗的作用一般？是！但要塗五十張紙，與戳戳戳五十次，哪個方便？我也買過一雙「浮箸」。筷子放在桌上，如沒設箸架，易弄髒。日本設計了浮箸，簡單得很，在筷子長度近二分一處，讓本該平直的地方稍稍隆起——線條流麗，表面不大看出。由於隆起角度準確，筷子放在桌上，箸首就自然昂起，不貼桌面。另有一輛如拇指長的四輪塑料小車，內設小掃帚兩把，用手前後推動小車，連動了小掃帚，就會把桌面塵屑掃入車中的收集箱。很好玩。

這些設計，看似小事一樁，甚至有點多餘，但人家的創意，值得佩服。

二〇〇九年五月十六日

寂寞的編舟者

深切投入一件事業的人，宛如與該事業成了一生固執的戀愛，寂寞，艱辛，一切不在乎。

我一見銀幕上林立着一盒盒卡片時，即怦然心動，雙手緊握成拳。在座有此反應者，恐沒有幾人。肯定這是個注定永不超生的寂寞者故事。

「編舟計劃」、「大渡海」，都是傳神點中命脈的名字。荒木說「與松本老師一起埋首書堆和校稿的三十幾年歲月，宛如一場美麗的夢境。」能把編好的舟啓航向茫然無岸的文字大海這行為，形容為一場美麗的夢境，真只有痴人才能說。那隻舟，全憑三代痴人，不顧人笑痴，一卡一卡文字、留神觀察傾聽抄下而成。每見三代人從衣袋

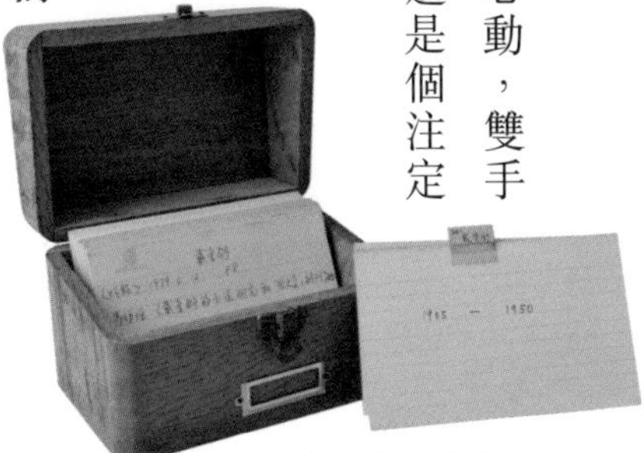

▲小思的卡片盒

中拿出卡片，把聽到的新詞寫下來時，我就笑，不是笑他們，是憶起自己曾經如此動作，他們用的卡片太大，應屬京大式，我用的卻小得多。

那陰暗發黃的編輯室，人藏在辭書、檔案夾、卡片盒如山中，微光斜照，已分不出是物是人。這些卡片，原著有一句話：「如同心臟般重要」，他們珍視心臟，因只有心臟動着，生命力才啟航。原著說「在辦公室抽煙的時代，只有存放卡片的資料室是嚴格禁煙」，我不抽煙，但喜飲水，卻從不許水接近卡片櫃。

要句斟字嚼建構一本辭典，還要貼近當代用詞，在電子媒體霸道之際，誰會細心買辭典來翻？這幾個痴人不理會外邊人間何世，為按着每頁字典核對條目，令指頭的紋理也磨平了，平滑得愈來愈抓不住東西。這具像的例子，比鐵杵磨成針更動人。收錄二十三萬條目而不出錯的編舟計劃，旅程必然寂寞，也必然遇上沮喪時刻，就得依靠堅強的心。

三十七歲的日本作家寫出來的流行小說，居然可以把如此沉悶的題材寫得吸引，但畢竟過於浪漫，箇中遭逢的艱辛曲折，都被輕鬆生活小節、淡淡的愛情插曲，飄飄蕩漾遮蓋。有過經歷編舟之苦的人，可能大不以為然。

可是我倒對松本、荒木、馬締三代編舟者的寂寞，卻正正在他們全程沒有絲毫埋怨，反隱隱然樂在其中的呈現，感受極深。最懂承先啓後，深知過程中困難的應是第二代的荒木。他從小就決志作辭典的編纂者，不問榮辱升沉，堅決跟隨松本老師編舟渡大海。松本老師也邊教大學邊做辭典，還不到退休年齡就辭職全心投入編纂工作，「他沒有收弟子，也和學校的派系保持距離，只將一生奉獻給辭典。」深切投入一件事業的人，宛如與該事業成了一生固執的戀愛，寂寞，艱辛，一切不在乎。松本老師等不及辭典出版就去世，荒木都沒有流淚，他知道自己承接了老師的職志，再傳給馬締。在原著中，有這樣的描寫，當馬締對着老師遺照默默合掌時，身後傳來「辛苦了！」他「以為是老師的聲音而訝異地抬起頭，不知何時荒木來到了身邊。」可見老師肉身已死，心神早已托付荒木了，音容宛在，二人在此刻已決定開始辭典的修訂作業，寂寞繼續，樂在其中繼續。

以一生一世來鑄就的事業，非旁人能理解，寂寞必然，浪漫也必然，因為愛足以遮蔽一切艱辛。如果仍覺艱辛，那就是愛得不夠。（讀觀《啓航吧！編舟計劃》原著與電影後）

二〇一三年九月廿一至廿二日

小意思

小思的卡片櫃

小思整理香港文學資料的熱情始於七十年代末。當年她翻看香港舊報紙，發現二十年代在香港從事文學活動的人原來很多，於是把新發現的資料剪貼留存，或親手抄在卡片上，例如在一個魯迅的紀念活動上，

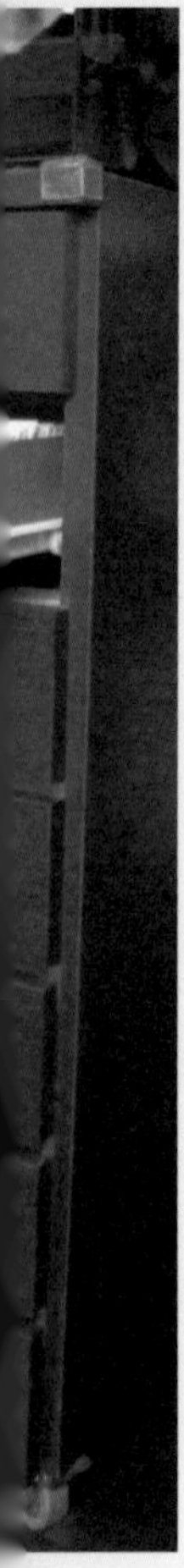

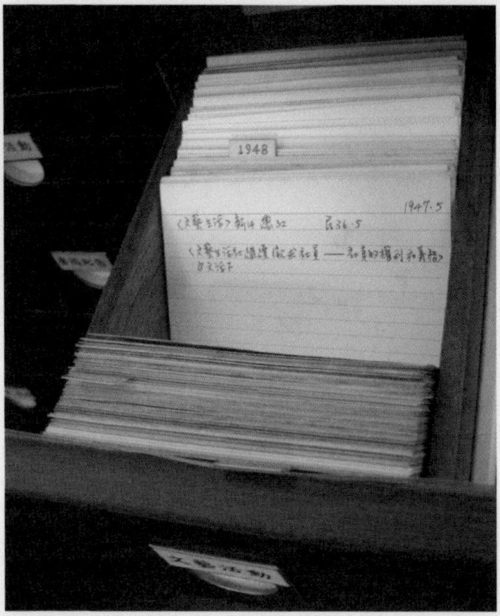

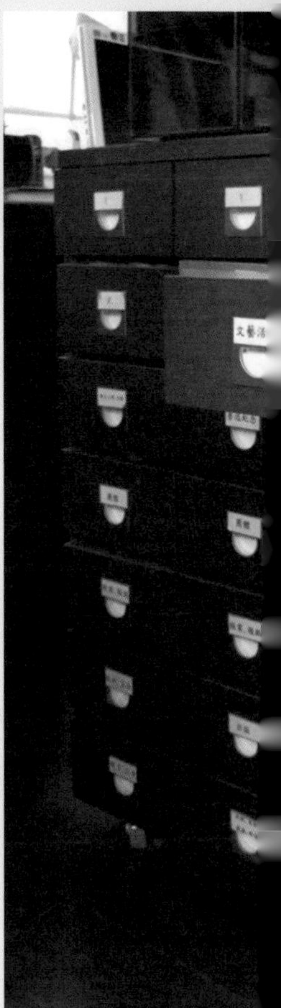

出席文人二十幾人，小思為這個活動開了一張卡片，同時也為出席活動的文人各開一張，並按名稱把資料分門別類存於木櫃裏，最後竟整理出二、三百項資料。以這方法經年搜集和整理，小思的卡片至今已儲滿一櫃，這木櫃可說是香港文人紀錄的寶庫。

味道之外

從古到今，文人對飲食都有一種偏愛，我們也看到很多作品都談食物或食材處理。現今香港有很多食家，但食家是「家」(專家)，普通人只是「食者」，食者也有獨特的判斷能力。

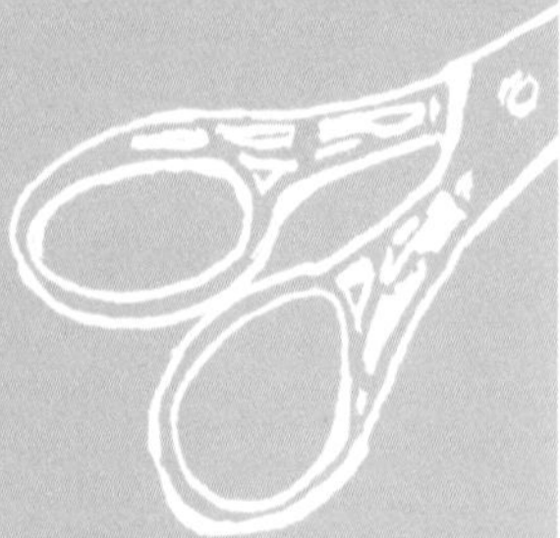

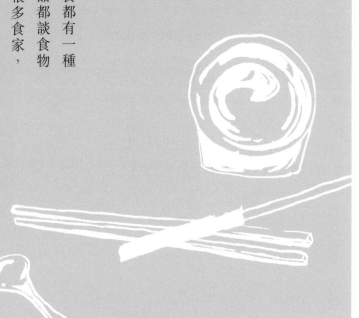

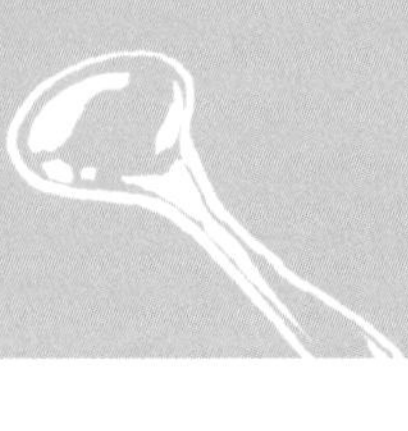

吃蟹

我喜歡的，不是蟹的滋味，而是與談得來的朋友，圍在一席上，邊談邊剝蟹的氣氛。

其實，我並不十分喜歡吃蟹，但每年秋天，總盼望能吃上一兩回。

我喜歡的，不是蟹的滋味，而是與談得來的朋友，圍在一席上，邊談邊剝蟹的氣氛。

吃蟹有吃蟹的手勢，應該很隨便、很瀟灑，豐子愷先生寫吃蟹，就叫人很神往，那真是吃蟹老手的風采。我當然沒有見過豐先生吃蟹，他的弟子都看慣，而且學會了。那年我到上海，文彥兄嫂特地買了蟹，煮好帶到旅館來，說是請我吃蟹，實在是想向我「示範」豐氏嫡傳的吃蟹手勢。果然，談笑間自有法度，特別是吃蟹爪部分，伶俐爽快，一折一拉，整條蟹肉就脱出來。

我，這個一年只吃一兩趟的人，學了也沒有練習機會，每一次吃蟹，總是拖泥帶水，大把蟹肉蟹殼往嘴裏送，結果，吃進肚子裏的蟹肉並不多，連殼帶肉吐出來的，倒有一小丘。還有，每一次吃蟹，毫不例外的，我總會給蟹殼刺破手指頭，真是無話可說。

吃蟹，不能在外邊甚麼酒樓飯館吃，最理想在家裏，招朋喚友——兩個能吃酒也不妨事，但千萬不要那些喝得窮兇極惡的，酒後胡言發瘋，會煞風景。烹蟹煮酒，明天不用上班，有充裕時間，把聚會拖得長長，話題在不知不覺間，換了一個又一個，可談風月，可笑看人間。通常，吃蟹時，我說話不多，笑笑聽聽，已經受用了。

聽人家説，有人可以把吃蟹剩下來的殼砌回完整一隻蟹的樣子，表示自己吃得精巧。我倒覺得這太「嚴謹」，破壞吃蟹氣氛，就像吃蟹時談論國家大事一樣煞風景。

近三四年，愈來愈想吃蟹，雖然，我不十分喜歡吃蟹。

一九九三年十月廿八日

小意思

吃蟹能手——豐子愷

豐子愷是中國現代著名文學家、藝術家和教育家。他約在二十九歲開始茹素，但卻無法不吃蟹，足見他嗜蟹的程度。每與故友知己暢聚時，他就會開懷地飲酒剝蟹。豐子愷吃蟹的經驗來自父親：「我們都學父親，剝得很精細，剝出來的肉不是立刻吃的，都積存在蟹斗裏；剝完之後，放一點薑醋，拌一拌，就作為下飯的菜，此外沒有別的菜了。」（《憶兒時》）得到父親吃蟹的技藝，這位吃蟹能手曾言「欲盡食如此橫行的東西」，而這門「吃蟹的藝術」往後也傳承給他的子弟。

下午茶

一個合理的民生，應該在苦幹之後，仍可以不受干預地、適度地享受一下，那沒有甚麼不對的。

下午茶，為甚麼我總惦着喝下午茶的時光？

下午茶，對我來説，不是一種實質的飲食，而是一種忙碌工作的安慰，一個忽然閃出的時空隙縫，幾個談得來的甚至談不來的熟朋友半生不熟朋友初見乍識的朋友、老學生甚至坐下來不習慣只瞪着茶杯發呆的新學生等等，在閑靜幽雅的小咖啡店、人來人往大酒店附設的咖啡室，沒有準備任何話題就坐下來，坐一兩個鐘頭。最初可能有點凌亂，有一句沒一句地閑聊，言不及義又何妨？慢慢就會瀰漫着一股人情味，懶散中帶了凝靜。

一杯上好紅茶加純滑忌廉奶油——我愛聞咖啡，不愛喝咖啡，因此對座有人喝咖啡，作嗅覺背景音樂最妙。一塊厚而不膩的芝士蛋糕，那下午茶就極度豐富。當然，沒有也不成問題，一杯茶，幾塊餅乾，攤坐在舒服適體的椅子上，偶然把目光移向窗外，看路人走過，聽隔了一層的市聲或鳥鳴，腦袋一無所求，這也算是並不理虧的下午茶。

七十年代正當火紅的日子，有一個學生知道我愛下午茶，就來批判說：「你是資產階級。」我只問了她兩句話：「三行工友是甚麼階級？」「勞動工人階級。」「那麼他們三點三飲下午茶。你怎麼批判？」她沒話說。

自己努力工作，自己賺了點錢，用自己的錢安慰一下自己，並沒有剝削別人，那有甚麼不對？也許，那真是小資產階級心態，因為只有城市人稍有餘錢才能享受下午茶，我曾這樣反省過。但當我到過福建、四川，看到小農家也在忙碌縫隙，擺開茶具，蹲在地上或安坐竹椅上聊天，我就明白，一個合理的民生，應該在苦幹之後，仍可以不受干預地、適度地享受一下，那沒有甚麼不對的。

一九九五年三月十七日

小吃

也許，我太饞了，很擔心，許多可愛可口的小吃，還來不及嘗，就給「改革」掉，那太可惜了。

民間小吃，充滿庶民智慧。

旅外期間，仍戀戀於失真的中國飯店或非驢非馬的中華料理，簡直不懂旅遊精髓。回內地旅行，只顧據案大吃港式海鮮，也是錯失了解民生的大好機會。

經濟開放，許多名店竟保不住自己的風格，甚至有些「淪落風塵」的悲哀。光顧名店不能保證吃到稱心美食，有時隨意在街頭巷尾的個體戶小店，還可以嘗湯熱油燙的巧手飯菜。

許多中國美食家都慨歎點心品種，日漸萎縮，甚至消失，特別是江南一帶，精緻點心包餃，恐要失傳了。

最近到江南小鎮，吃到一種菜汁團子，保證是庶民日常小吃。大清早，弄裏小店已熱騰騰冒着爐火白煙，師傅在臨街的門面，擺出一籠一籠鮮綠色團子，綠得太鮮太亮，城市人一廂情願以為用了甚麼染色素，但一股菜鮮味叫人不能不試。走過幾步，只見婦人蹲在地上，對着一大盆熱水浸住的青菜，一把一把地用力搓絞，鮮亮的菜汁就從指間滲出來，站在旁邊，也聞得陣陣菜香。多少把菜才能絞出染綠一籠團子的菜汁？但她手藝純熟，很快已經絞完那盆菜。出了汁的菜也不浪費，放在大甕裏，加鹽加醬，便成醃菜，日常拌飯之用。

無數無名的民間小吃，不像甚麼仿膳豫園的打響名堂，反而悄悄地保留着原來的風味，在民間大眾生活中，純樸地保存着，伴隨庶民日出日落。旅遊業千萬不要插手打擾，為民間小吃留一點清白血統，為大眾生活保留寧靜清純。

也許，我太饞了，很擔心，許多可愛可口的小吃，還來不及嘗，就給「改革」掉，那太可惜了。

一九九六年五月九日

兒時滋味

我想在飲食習慣上，父母對我的影響都有，我經常說，家教很重要，你不會知道，父母在甚麼時候影響你喜歡上某些東西。

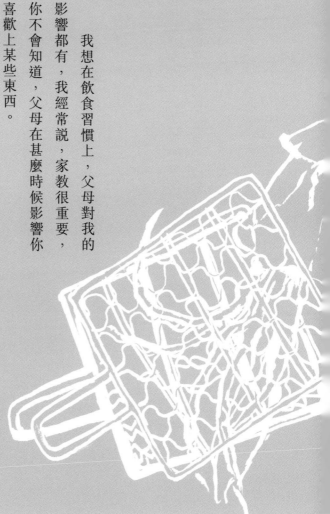

想吃一顆糖

別人都愛七彩閃光的巧克力包裹紙，我卻獨愛線條簡單、紅藍白分明的蠟質紙。

忽然，很想吃一顆牛奶糖。那不很容易嗎？就是不容易，我竟有遍尋不獲的失落。

那種牛奶糖叫甚麼名字，哪個地方出品，我都不知道。紅藍白的包裹紙，帶點滑滑黏黏蠟質。

紙上好像印了幾個英文字，小孩子不懂英文，也不計較許多，只記得一個圓鐵罐裝住，鐵罐身上漆了一杯白白的牛奶。

這種外國糖果，不是隨便吃得到，只有過年時候，家裏才會買一罐，也不會全給我們吃，總有一大半拿去送人。母親隔一兩天，分給我一兩顆，那時候心情實在很難形容——立刻全吃掉呢，還是先吃一顆，留下另一顆明天帶回學校小息時才吃？通常，都會留一顆第二天吃，難得的東西，心愛的東西，總捨不得一下子吃光。

解開糖紙，把糖朝口裏送就嗅到陣陣牛奶香味，柔柔滑滑的甜，像一匹絲綢，温文地滑入喉頭。

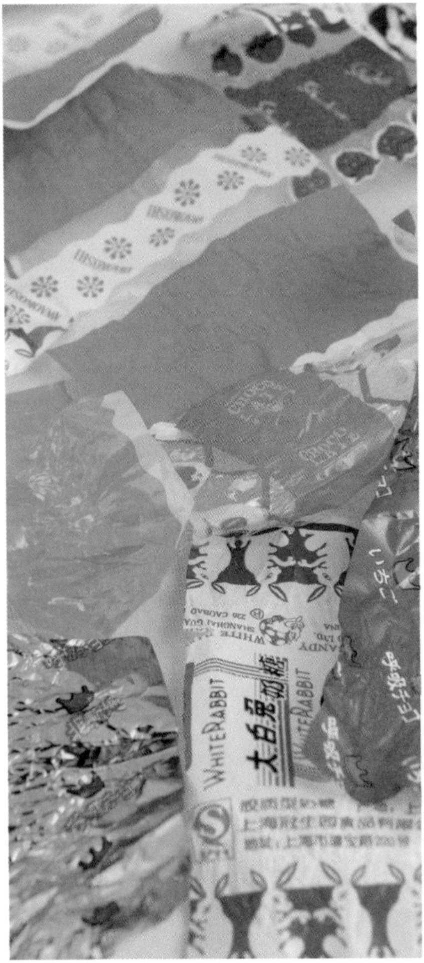

糖紙，得好好鋪平摺好，那是「財富」之一。別人都愛七彩閃光的巧克力包裹紙，我卻獨愛線條簡單、紅藍白分明的蠟質紙。

我們會用十張糖紙結成一條蓆紋書簽，別人的錫紙易破，只有蠟質紙最結實。把玩着與別不同的書簽，懷想着牛奶的香甜，又滿懷希望等待第二年的歲暮，那就是童年的滋味。

現在，我有足夠的錢買三四罐牛奶糖，我有足夠的自由一天吃上一二十顆，可是，那種糖卻絕迹了。儘管有失落的感覺，但我仍覺得：這樣也好，如此一來，保有的滋味是眷戀的永恆滋味，只有愈來愈甜美。

一旦真的買到那種糖，萬一是它的味道變了，或是我的口味變了，都會破壞記憶中的完美。

我很想吃一顆牛奶糖，但就是現在找到了，還是不吃為妙。

一九八三年五月廿二日

小意思

平價小玩意——糖果紙

上世紀六、七十年代的孩子玩具不多，收集糖果紙是他們不花錢的遊戲之一。一般孩子在過節時才有機會吃糖果，所以他們都對糖果珍而重之，即使是糖果包裝紙，也是孩子的珍貴寶物，而色彩繽紛、圖紋精美的糖果紙就更受歡迎了。那時的糖果紙多是用蠟質紙做的，可以防水、防潮。吃完糖果後，用熱水清洗乾淨糖果紙，把它夾在書中，或者糊在窗上待它風乾，原本皺巴巴的糖果紙就會變得平滑。孩子有空時就會拿糖果紙出來欣賞，或跟朋友交換，或比賽誰收集的數量多、款式美。

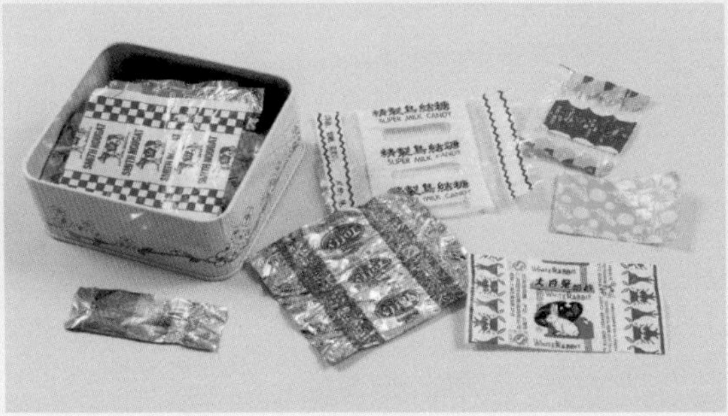

久違的滋味

久違的滋味，帶來的不是甚麼驚喜，只是淡淡的童年回憶，好不好吃？已經不再重要了。

偶然機會，吃到兩種久違食品，頗引起一絲絲童年滋味。

豬油包：在強調健康食譜的今天，許多講究飲食衞生的人聞豬油而色變。在貧窮的往日，吃豬肉是件大事，平日難得一吃，上茶樓，倒容易吃到豬油包。

豬油包，其實也是純肥豬肉作料。先把淨肥豬肉用糖醃了，切粒，混合糖冬瓜搓成餡。麪粉搓好作皮，包住餡，放在蒸籠蒸好，新鮮滾熱出爐面世。豬油滲入包皮，讓包頂微微裂開。趁熱拿起冒熱煙包子，豬肉香味直往鼻裏送，甘甜而膩，吃來卻感爽鬆化。父親早茶，喜吃雞球大包或叉燒包。我如能作主，夏天吃叉燒包，冬天一定吃豬油包。小學二年級，有一個男同學綽號叫豬油包，凡事慢三拍。年輕一代有誰吃過豬油包？

砵仔糕：這種粗吃，偶爾在某些舊區街頭小攤，仍未絕迹。用小而淺的瓦砵盛載，用料不同，可分黃糖砵仔糕、紅豆砵仔糕、砵仔鬆糕。小攤或推車小販，用竹枝插入糕身一挑，整塊圓滑糕件就離砵而出。吃時也講究技巧，均衡地沿着圓型邊上吃一口又一口，不能集中只吃一邊，還得注意竹枝位置，否則吃得一半，另一半就會跌下來，跌到地上是自招損失。

砵仔糕是冷吃，夏天酷熱下午，門外就會響起叫賣聲：不是砵仔糕就是白糖糕。母親認為白糖糕較有益，不大准我們吃砵仔糕。我也很怕它太滑，太講究吃的技巧，弄得人神經緊張，不吃沒損失。

最近，湊巧兩種食品都吃過，久違的滋味，帶來的不是甚麼驚喜，只是淡淡的童年回憶，好不好吃？已經不再重要了。

一九九五年四月廿一日

小意思

賣大包

茶樓點心的款式日新月異，傳統廣東點心在少數舊式茶樓也許還能吃到，但有些卻已芳蹤難覓——豬油包以外，還有雞球大包。

雞球大包簡稱「大包」，是上世紀戰前香港茶樓常見的廣東包點之一，一般以豬肉、雞肉、鮮筍或沙葛、菜碎等作餡。大包貌似菜肉包，體積約是一般中式包點的三倍，一個普通蒸籠只能放進一個大包。由於體積大、餡料多，食客往往只吃一個大包就能飽腹，很划算。但隨着社會經濟起飛，茶客吃點心時也日漸講究，喜歡造型精緻、款式新穎的食物，而大包製作成本相對較高、工序也較多，新式茶樓一般都不售賣大包了。大包留給我們的，就只剩下「賣大包」(即以廉價招徠)這廣東俚語了。

零食

又也許，我的胃口改變了，心情改變了，只有回憶裏的零食的滋味最堪記取。

不知道在甚麼情況下，我留給舊學生一個愛吃零食的印象。舊學生大部分是指我教中學時的學生，他們來看望我，總帶上一大堆零食。

統計一下，農曆新年，我收到的零食：花生多斤、糖果餅食——不是拜年應酬式的例牌貨，都是精美名牌，十多種，各式涼果、蝦片、薯片——堆滿儲物櫃，黃梅天氣令我發愁，怕它們變壞了，十分可惜。

哎，說實話，我也的確愛吃零食，又是家學淵源。父親愛吃花生、鹹酸涼果。母親去世後，沒有人管束，父女倆晚飯後，坐在客廳裏，聽收音機，放唱片，一個晚上可以

吃一斤花生、興亞陳皮梅、嘉應子一大堆。父親吃零食，很廣東式，特別喜愛吃國民戲院門外一檔：酸菜、酸沙梨、酸木瓜、酸薑蕎頭、酸油甘子、酸梨子。看戲前必然買一大袋，還未開映，已經吃光。

曾克耑老師也愛吃零食，過年時的全盒最多彩多姿，是外省式，瓜子種類多，棗沙糕，各式涼果，這叫雜拌兒。

現在，零食的種類跟從前很不一樣。或者舊式零食有些早已「失傳」，例如酸沙梨、酸木瓜。又或者製作方式用料改變，味道改得很怪，例如陳皮梅、嘉應子，帶着化學酸味，令人舌頭發痛。甚麼蝦條、薯片，油炸的多，味精一大把，沒有甚麼個性，吃多會膩。

又也許，我的胃口改變了，心情改變了，只有回憶裏的零食的滋味最堪記取，包括一個無所事事的漫長夏日午後，左鄰右里在大廳閑扯的晚上。花生衣飄飄忽忽自人們指間散落，涼果紙沙沙揉作一團……

一九九五年三月廿六日

小意思

北京的新年小吃——雜拌兒

從前北京人過年，全盒會放由多種乾果、鮮果摻在一起的「雜拌兒」。早在宋代，民間已流行吃盛有蜜餞的「果子盒」；到清朝，慈禧太后喜歡吃各種蜜餞，隨口給「果子盒」起名「雜拌兒」，然後這名字便流傳到民間。

「雜拌兒」是北京獨特的節日食品，分為三種：高檔次的叫「細雜拌兒」，多是杏子、蜜桃、大棗、桂圓、荔枝、山楂、藕片等所做的蜜餞雜拌兒，一般只有皇宮貴族才能品嘗；中檔次的雜拌兒叫「粗雜拌兒」，材料多是梨子乾、蘋果乾、柿餅條、山楂條、脆棗、榛子、花生等；最低檔次的叫「雜抓」，多是一些低價的瓜子、花生等。賣「雜抓」的小販往往只用手抓一把雜拌兒，然後放進用舊畫報折卷成的三角形紙包，因此就有「雜抓」之名。

父親嫡傳

到隨手隨時可買到零食的時候，我卻不大能吃零食了。

我吃零食的習慣，是父親嫡傳一派。

母親生活嚴肅而有條理，正餐外，偶然一頓下午茶：一杯熱鮮奶咖啡一塊三文治，其餘不吃雜食。父親卻是個零食大王，晚飯剛吃過，就籌備宵夜，綠豆沙、紅豆粥、白果腐竹雞蛋糖水、杏仁茶、芝麻糊，天天一款。天寒地凍，忽然也會要我挽個銻煲去譚臣道大牌檔買魚蛋河粉加油菜。在宵夜之前，還會攤開花生、陳皮梅、嘉應子、福州欖等等，邊看報紙邊吃。這是正常狀態！如果去環球、國民戲院看電影，門外小檔口，擺賣的酸菜、酸蘿蔔、酸木瓜、酸沙梨、椰子夾酸薑，吃個不亦樂乎。冬天冷風呼呼，砂炒栗子、煨蕃薯拱在懷內進場，十分滋味。只有一樣東西他從不吃，就是香氣四溢的煨魷魚，原因不明。還有，父親不愛吃糖，特別是洋式糖，也許舶來品太貴，只在過年，我才可以吃得到牛奶糖、瑞士糖、朱古力。

父親去世後，因經濟問題，我已無法滿足地大吃。唸中學時，只吃價錢較便宜的花生，過量了，終於患上胃病。當時許願：他日賺了錢，一定買許多好零食，一玻璃瓶一玻璃瓶放滿一屋。老朋友老學生，或許還會記得我放在客廳中的大瓶七彩朱古力豆，和過年放在全盒內的雜拌兒。

到隨手隨時可買到零食的時候，我卻不大能吃零食了。儘管心裏仍念念那些滋味，不知道是舌頭味覺起了變化，還是現在醃製的鹹酸東西用得太多化學品，吃起來，總覺苦澀難當，連糖的甜味，也叫舌頭不好受。花生品種雖多，但欠真味，那死硬，牙齒更無法應付得來。

人生就是如此！

二〇〇八年二月廿三日

鹹甜回憶

讀書也好，吃東西也好，看事物也好，
只要多看多嘗，你自然有判斷能力。

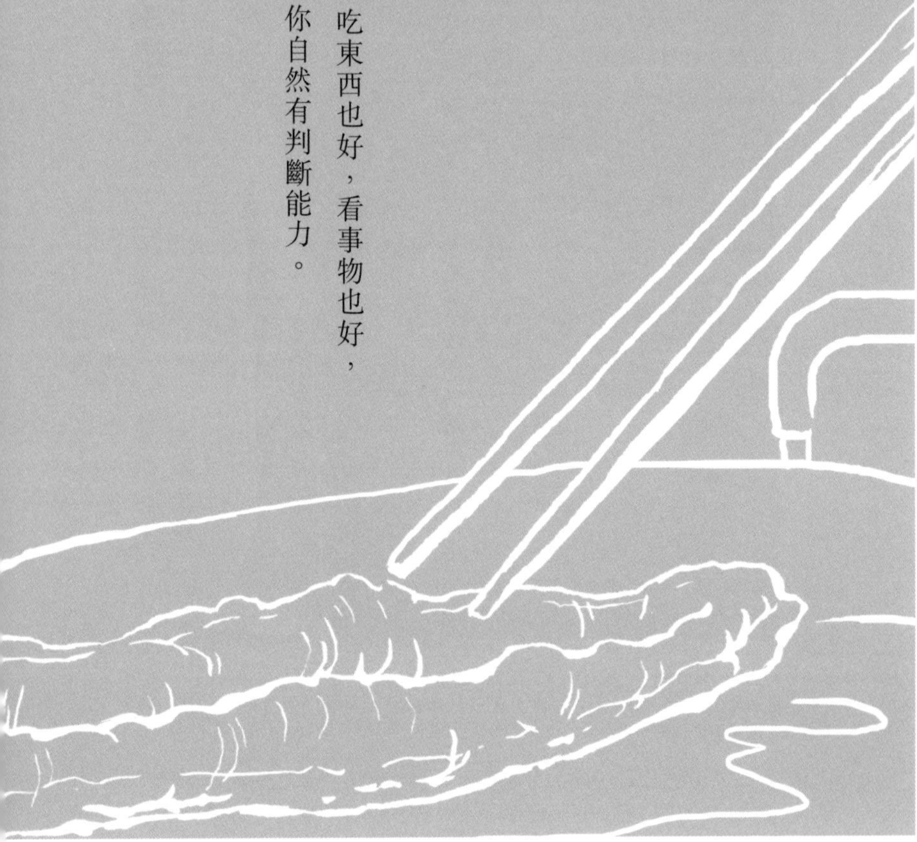

滷水蘿蔔

說起冬天想吃滷水蘿蔔，可能與當年天寒地凍，留日窮學生捧住一碗熱得冒白煙的關東煮的情意結有關。

儘管香港全年都能買到白蘿蔔，但我總在冬季才特別思念白蘿蔔。蘿蔔糕、魚鬆燜蘿蔔、牛腩燜蘿蔔……都好吃，雖然母親教落，蘿蔔破氣，不宜多吃，我卻以為不吃人參，大概沒大傷害，又不多吃，偶然吃吃無妨。

可惜，香港廚子，惟恐蘿蔔無味，烹煮時總不放心，重手下味精，令純清甜香之味失真。住處附近有華姐清湯腩，滷水蘿蔔算得上水準之作，花椒八角不過分濃味，只是採料有時失準，蘿蔔有筋，不爽口，蘿蔔花心，質感鬆散，吃來令人難過。

我不懂揀蘿蔔，日本蘿蔔叫作大根，價錢貴，卻一定好吃。要吃只好忍痛。説起冬天想吃滷水蘿蔔，可能與當年天寒地凍，留日窮學生捧住一碗熱得冒白煙的關東煮的情意結有關。

日本小吃店在冬季，往往設一大盆關東煮，內容簡單，以味噌鰹魚汁為湯，放入蘿蔔、蒟蒻、豆腐、雞蛋、竹輪，長期煮着。由於各材料均無味，全靠味噌與鰹魚似濃還淡的味道牽動。行人遠遠就可聞到那鰹魚香味，受到吸引。價錢不太貴，是驅寒恩物。湯味不濃，突顯了蘿蔔的清純，遠比滷水的霸道好。我通常要求以多一塊蘿蔔，換出蒟蒻。

香港日本食店多不賣關東煮，因價廉物粗，我只好吃滷水蘿蔔了。

二〇〇七年三月十日

小意思

寒冬中的一點暖意——日本關東煮

「關東煮」是一種源自日本江戶時代關東地區的平民料理，各地關東煮的製法和用料都有不同，但材料一般包括雞蛋、日本魚丸、蘿蔔、蒟蒻、竹輪（港稱「獅子狗魚蛋」）等。關東煮製法簡便，只要把食材放在昆布或者鰹魚湯裏煮熟，便可用來佐飯，或當小吃。在日本，關東煮是十分普遍的小吃，多在便利商店或路邊攤檔有售。關東煮煮得愈久，材料愈入味，若一次沒吃完，可加入新湯底及材料再煮。由於製作簡便，熱呼呼的關東煮在冬天特別受歡迎。

油炸鬼之憶

咦？油炸鬼不是現炸，只放在玻璃櫃中，以強力燈照着，令我興致大失，乃憶從中來。

逛閑街，路過柯布連道，見人龍在排隊買雞蛋仔餅。原來已非舊日用炭爐及單盆操作了，十分科學以電器幾盆齊上，可是仍應付不了人潮，可見生意興旺。

我不喜吃雞蛋仔，忽然想起油炸鬼。記得莊士敦道上有家粥店，應有現炸油條，走過去看看，順便吃碗米黃（現在還有叫白粥做米黃嗎？），吃條脆卜卜油炸鬼。咦？油炸鬼不是現炸，只放在玻璃櫃中，以強力燈照着，令我興致大失，乃憶從中來。

從小愛吃油炸鬼、湯河，大概與父親嗜好有關。譚臣道與菲林明道交界，兩益士多前，有兩家大牌檔，清早賣粥兼現炸油器，深夜賣

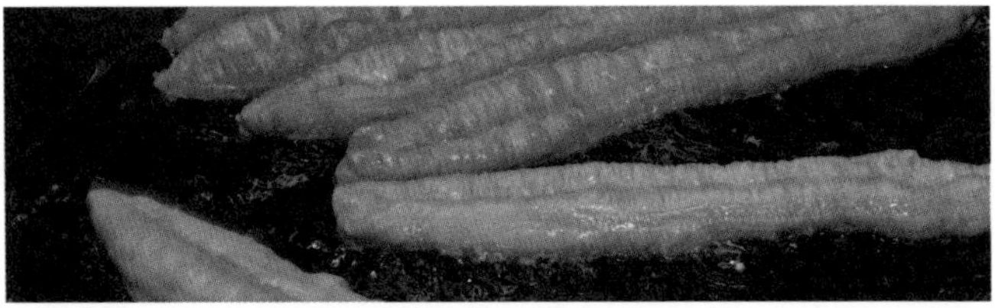

湯粉麵雲吞牛腩。父親早餐是白粥油炸鬼，冬天深夜消夜必吃油菜湯河，挽個銻壺去買，是我的指定工作，回家父女同吃，滋味至今難忘。

不吃油炸鬼久矣，只因不易吃到好的油炸鬼。所用麵粉、和粉手藝、油質優劣、火候掌握、炸好後待多少時才入口，都是好的因素。記憶中，最近吃過好的油炸鬼，已是十多近二十年前，新光戲院門側的一個走鬼檔的出品了。八十年代初，粵劇班多，內地各種戲曲名角也紛紛南來，新光戲院晚晚旺場，戲迷如上班般準時入座，熱鬧非常。中場休息，忽然滿院陣陣油炸香味，只見人手一褐色紙袋在吃長油條。最初，我還怕公眾前吃相不雅，不敢吃。那種香味，實在難以抗拒，加上旁人給小塊試食，脆而甘香，終於自己也去排隊買了。

小販夫妻檔，擔子上一鑊滾油，炸出長長油條，不知道賺了多少戲迷的記憶。

二〇〇八年十一月十六日

小意思

「走鬼檔」

「走鬼檔」指無牌流動攤檔，當「走鬼檔」檔主遇上執法人員時，就會高叫暗語「走鬼」，通報同伴馬上離開。到底香港在甚麼時候開始流行「走鬼」這個用語呢？

在上世紀三、四十年代，大批內地移民來港謀生，他們大多沒有一技之長，為了養家糊口，惟有做流動小販，在街頭非法擺賣。當時有不少紅髮的印巴籍警員，本地人貶稱他們為「紅毛鬼」。這些外籍警員執法嚴厲，不時以暴力拘捕非法擺賣的小販，所以當小販瞥見這些警員的身影，便會高聲呼喊：「紅毛鬼來了！」其他小販聞聲便立即連人帶貨一哄而散，這種通報後來簡化成：「走鬼呀！」時至今天，有無牌流動小販的地方，仍不時聽見「走鬼」之聲。

我第一次吃朱古力

這初嘗朱古力滋味，留給小孩子印象深刻，甚麼糖果？簡直害人苦果。

設這個題目，得經過一段掙扎，該用「巧克力」呢還是「朱古力」？身為中文科教師，我一直堅持學生寫作用語的正統，「菲林」要寫成「膠卷」、「的士」必須寫成「計程車」，輪到自己寫作，也應以身作則吧？可是，思量再三，最後決定還是用上從小到老慣用的名詞。

當然要說歷史了，一九四六年我第一次吃朱古力。

第二次世界大戰結束，香港劫後餘生，貧窮飢寒，乃是常態。一天，母親從外邊領回一盒救濟品，據說是美國送來的。打開一看，裏面幾乎全是陌生東西。大碼洋服還可以由母親裁改給我們穿着，但有兩樣物件，卻考起我們。一樣是一卷銀色閃亮的硬紙，大小像今天用

的膠紙，散開揮動，發出沙沙聲響。另一樣是黑墨墨的一大塊長方硬件。經研究追查，才知道銀色東西是鋁片，用來擾亂飛機雷達，戰時剩餘物資，給小孩當玩具。黑古勒特的那塊硬件，外國叫做朱古力，是糖果，很有營養價值。朱古力，這名字就從此進入了我的記憶中——等到長大讀書，知道白話文要叫巧克力，可我老是記不牢。怎樣吃？母親用菜刀大力打碎，給我吃一小塊，誰料進了嘴，就融得一塌糊塗，糊住舌頭，苦澀難當。嚇得我趕快吐出來，用水漱口。這初嘗朱古力滋味，留給小孩子印象深刻，甚麼糖果？簡直害人苦果。在食物不足夠的日子裏，母親認為既是有營養價值的東西，不宜浪費，就想辦法逼我吃。她用水煮溶了朱古力，加一點點片糖，讓我當糖水喝。我天天喝朱古力水，皺起八字眉頭當藥水般喝。

我第一次吃朱古力的經歷，就是如此！

二〇〇八年三月十五日

我今天吃朱古力

把朱古力吃完，我還是用最原始的方法死記古人名字，硬背一兩首詩，來訓練記憶。

我不是忽然説起朱古力的，只因最近天天吃朱古力。

自從喝過朱古力水之後，有一段時期沒機會吃，外國糖果很昂貴，平民家不會購買。偶然父親的外國上司送來聖誕節禮物中有盒裝朱古力，也因壞印象仍存，我多不吃，只留着金閃亮的花包紙，當作玩具。直到一次吃到一排吉百利杏仁牛奶朱古力，那香那滑，才洗去壞印象。

父親去世後，我很窮，吉百利是奢侈品，一年吃不上一兩次，何況一向不嗜甜，不吃也不惦念。兩三年前，友人送我一精緻小盒，內藏兩顆朱古力，十分珍重。我大鄉里，不識貨，心裏還嘀咕，怎麼只送兩顆？不該是一大盒嗎？無意路過名店，一看價目，那兩顆朱古力竟賣七十塊錢，真夠吃驚。以後稍留心，發現獨沽一味的朱古力專門店愈開愈多，標榜古老歷史，價錢不便宜，卻不愁生意。再看研究報告，原來好處甚多，提神、興奮、怡情，甚至影響愛情，難怪成為送禮佳品。

最近，又有專家匯報，說黑朱古力可防老人痴呆症、防衰老、防記憶力衰退，成分愈黑愈有效。同齡人或長輩，紛紛把黑朱古力當藥吃，還研究該吃56%還是90%的較好。大概我近來常歎記憶力大不如前，關心我的人就給我送來黑朱古力，黑的程度甚麼百分比都有，由於最佳食用日期有限，必須在限期前吃完，於是，我天天吃朱古力。

一口好黑的朱古力，貴得很，吃下去，有點心痛，不好意思要朋友學生花錢。天天吃，吃了個多月，記憶力未見好轉，真懷疑專家的說法。把朱古力吃完，我還是用最原始的方法死記古人名字，硬背一兩首詩，來訓練記憶。

二〇〇八年三月十六日

吃的境界

一定是「道」的境界。「道」從哪裏來？道在心中。除非你沒有那種心思，沒有那種全心全意對待食物的態度……我最近常說，即使多壞的東西，面對着有心人，都給化腐朽為神奇。

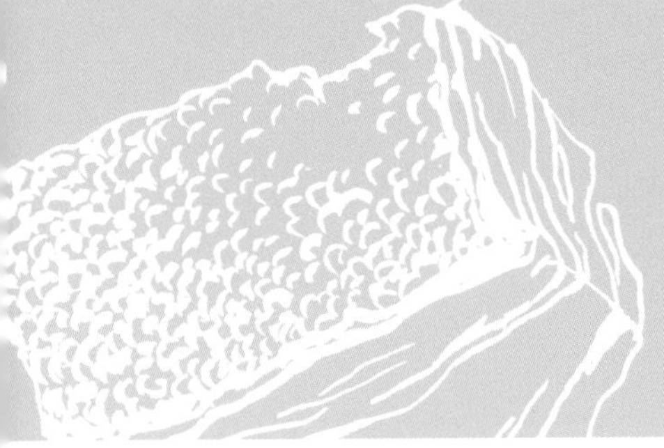

盆菜之惑

眼見盆菜流行，除了足證商人推銷有術外，我倒疑惑，港人食的品味怎會變得如此粗疏？

忽然，盆菜狂熱起來，有點不可思議。

在物料不豐盛時代，農村裏，村民一年聚集，難得吃頓有魚有肉的大餐，人人舉箸朝向大盆，各取所需，果真熱鬧親切，但如此舉措，並非生活常態。

二十多年前，曾在元朗圍村吃過盆菜。大盆內不見甚麼貴價食料，只有燒肉雞件算是值錢，其餘清清淡淡蔬菜，都是農村常吃。同村人等，歡天喜地舉筷亂翻，充滿傳統農村氣氛。我雜在眾多陌生人當中，舉箸卻顯得遲疑。

如今流行的盆菜，當然完全不一樣。用料大蝦鮑片雞鴨齊全，

繽紛亂陳。同吃的多是熟人，也懂得用公筷，情況氣氛跟鄉村就大有分別。

眼見盆菜流行，除了足證商人推銷有術外，我倒疑惑，港人食的品味怎會變得如此粗疏？

袁枚《隨園食單》，可算是中國人講究飲食烹調智慧的高度總結。其中說：「一物有一物之味，不可混而同之。……今見俗廚，動以雞鴨豬鵝，一湯同滾，遂令千手雷同，味同嚼蠟。……善治菜者，……使一物各獻一性，一碗各成一味。」真是十分精到。一物與另一物相配，不是不可，而必須依二物獨特之味，互引互補，生出另一種滋味，才算匹配。

盆菜，本來各料都是分開煮好，再分派入大盆內，以平日不易吃到的雞肉配清蔬，才益見其珍。如今，樣樣皆珍，已無主次了。

二〇〇六年二月九日

小意思

吃出圍村風味

香港的圍村多位於新界，村的四周建有高牆，多是住着同一個家族。圍村居民「靠山吃山，靠水吃水」，因此圍村菜多有農家風味，且別具含意。當有村民外出謀生，餞行時必吃一碟由蝦、蜆、粉絲炒成的「炒長遠」，蝦象徵要出遠門的人，蜆象徵留守圍村的親人，粉絲則寓意雙方連繫不斷，情義永在。

到訪圍村，不得不嘗一嘗「茶果」。茶果是圍村人的日常茶點，有鹹有甜，以雞屎藤茶果的味道最為古老。雞屎藤是香港一種有藥用價值的常見植物，因其氣味獨特，才有這樣的名字。雖然名字不雅，但用其葉做的茶果卻是清香可口。

融和

只求新奇，把兩種菜式強行配搭，吃起來，在味覺上總生怪異，吃不出真章來。

日前，看到港式茶餐廳廣告介紹「夏日飲品crossover」，趕快看內容，究竟甚麼新鮮東西要趕上潮流？哦！原來不過是幾十年前，我們唸初中已流行的：可樂加雪糕、忌廉加鮮奶，只是如今多了些不同品種，加來加去罷了。這算不算越界？香港人用了本來不粗俗的「溝」字（可惜給市井用鄙俗了），兩樣物質渾成一樣另類東西，該是融和還是越界？

▲可樂加雪糕（俗稱「黑牛」）

依常理，食材各有特質，又會產生化學作用，要配搭得宜，不能亂檔。民間慣例，吃蟹不能吃柿，吃參不可吃蘿蔔，我們也記住醋不應溝牛奶。可是，總有人天不怕地不怕，說吃下肚去，還不是融和在一起？

講起融和，坊間食肆流行fusion菜，即甄文達口中的融和菜，中西合璧的飲食越界。我請教食家，他們一聽fusion，就很不以為然，搖頭慨歎，認為不是融和，而是擾亂正宗菜系。每地各因天時

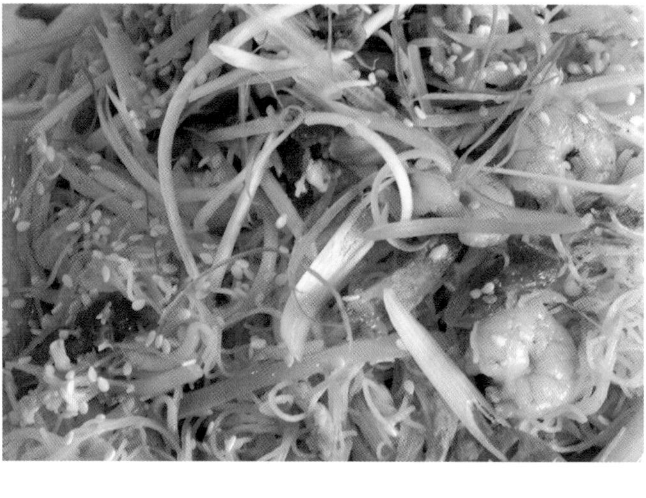

地利、因食材、口味大不同，自訂菜式，本難與其他菜系融和，但人口流動，文化互動，各地菜式，就在不知不覺中改變了。記憶中，五十年代，莫可非老師帶我去銅鑼灣渣甸街有家川菜館吃擔擔麪和粉蒸排骨，那正式川味，至今難忘。如今川菜，多與香港人口味融和，完全不是當年逃難初來港的川民家鄉手藝了。

我對吃本不固執，甚麼菜式都樂於嘗試。反正香港早慣融和，豉油西餐正是好例子。但近來融和菜玩花樣多於真味，既不融也不和，這恐怕是掌廚的既不精通甲種菜又不大懂乙種菜，只求新奇，把兩種菜式強行配搭，吃起來，在味覺上總生怪異，吃不出真章來。

無論越界或融和，都不應失去原物的優質，否則，必然失去良好效果。

二〇〇八年八月廿三日

小意思

美麗的誤會——與瑞士無關的「瑞士雞翼」

一些我們常吃的菜式，單從名字看來，甚有「融和菜」的異國風味，但原來其烹調方法，卻與菜名無關。這些菜式的由來，大都難以追尋，有些追尋下去，卻發現原來是個美麗的誤會。經典例子有「瑞士雞翼」，它並不是瑞士原創的菜式，傳說是一名外國人到香港一所餐廳吃過一道甜滷水雞翼後，以英語大讚食物甜美（sweet），口耳誤傳下，sweet 變成 Swiss（瑞士），餐廳更改稱這道菜為「瑞士雞翼」。自此，用這種甜滷水汁烹煮的菜式，例如瑞士汁炒牛河，一概給「瑞士化」了。其他的例子還有星洲炒米，星洲是新加坡的別稱，不過在新加坡卻找不到星洲炒米這道菜，它的做法跟馬來西亞的炒粿條（即炒貴刁）倒是十分相似。難道這名字也來自一個美麗的誤會？

從神到魔

魔，比神多了叛逆，多了意想不到的行為，今時今日，魔高十丈，神也讓幾分的世界，只好相信此廚法力。

我好吃，好試新奇菜式，可卻遲疑不敢試分子烹飪。

記得有一次試吃甜有味飯，吃第一口就呆了。味蕾所得訊息，傳到腦中，「甜」與「有味飯」，兩種資料歸不了檔，尋不到接合點，經驗紀錄中沒有，一時無法接受，飯含在嘴裏，吞不下去。友人去吃分子餐，回來描述的感受各異，我也沒法子把他們所說的聯繫成完整印象，還是親歷一次才好。

近年流行吃，又好像極講究廚藝——講真的廚藝是每況愈下。稱廚神的人愈來愈多，神，可以是神乎其技，可以是盡得其神，可以是升上神枱，一般人難以親近。經電視報刊傳媒推介吹噓，我們似乎懂食識飲，但原來多作目吃，而非真嘗。今回由外國傳入的分子烹飪，正宗的當然其門如市，仿效的也不乏支持者。

我去吃的一家應是仿效者，卻自稱廚魔，事先張揚極端的個性。魔，比神多了叛逆，多了意想不到的行為，今時今日，魔高十丈，神也讓幾分的世界，只好相信此廚法力。英文餐單名列十多道菜，看得一頭霧水，正因如此，侍應班頭禮義周周就派上用場。每一道菜上來，他就十分鄭重解釋廚魔如何處理食材、該怎樣吃才對。

其中一味「xiao long bao」，白瓷匙羹，上盛褐色一小團水狀東西，侍應班頭說一口吃下去，是小籠包！哦？咬穿外皮，全吞了一泡湯水，我得趕快告訴自己，那是小籠包。

吃罷全餐，才知道不全是分子烹飪法，除了一兩味外，皆在醬汁上玩花樣。也許，人家沒有打正招牌說分子烹飪，只是玩玩而已。外國用化學分析方法把食材攪亂，我想，這就是魔。由神到魔，世界變了。

二〇〇九年九月二十日

小意思

棉花糖也是分子料理？

分子料理是通過化學或物理方法將食物形貌、質感、味道和口感打散，然後重新組合，配搭成一款新菜式。廚師以巧妙廚藝，結合想像力和創意，再運用不同工具，或把固體食物轉成泡沫狀，或將一種食物改頭換面，變成另一種食物的樣子，給食客帶來新鮮感，也讓他們不受視覺影響，單憑味覺去品嘗食物真味。因此，當你在分子料理餐廳點煎蛋時，千萬不要驚訝會吃到由芒果汁做的蛋黃、酸奶做的蛋白呢！

在餐廳吃一頓分子料理通常所費不菲，若想一嘗滋味，棉花糖就是便宜的選擇。製作棉花糖的方法是先把砂糖放進機器中加熱，打散砂糖中的蔗糖晶體，變成糖絲，然後用木棒把糖絲捲成棉絮狀的棉花糖。這原理不是跟分子料理同出一轍嗎？

收藏：小玩意裏的人生哲學

盧：小思（盧瑋鑾教授）

樊：樊善標教授

父母的收藏

樊：盧先生——這是我們讀大學時對所有老師的敬稱，口頭簡稱「生」，寫出來就是「先生」——是以收集物件著名的，這個收集的習慣應該與父母的薰陶有莫大關係，這方面您可以跟我們談談嗎？

盧：收集舊物在香港的居住環境來說，其實很「不健康」。除了因為地方小之外，香港人是不斷向前而不會滯留在同一點上的。在我成長的年代，物資匱乏，所用的物品會隨着人成長，隨着人變老，人想滯留也不行。例如小時候家中有一個銅煲，三年零八個月的戰爭在它身上留下了一道重要的痕迹：一塊炸彈碎片飛進家來，打在它身上，它就凹了一小塊，你說那時候的銅煲多結實？它只凹陷了一處，功能卻絲毫無損，我們照樣用它煮食。這個煲陪着我

長大，當中的歷史痕迹，不是特意去收集回來，只是物品根本沒有壞，不會輕率換掉。

現在卻不同了，你想不換也不行！譬如有些日用品的配件不再生產，當它壞掉你便只能換掉，不可能修理。所以説戀舊物的情結，其實源自時代的需要。

我父母的習慣有點奇怪。我問過許多跟我同代的朋友，他們父母都跟我父母不同。第一，我父母很喜歡剪報：我從小到大由未識字開始，父親便會圈下一些報紙資料，要我替他剪下來貼妥，母親則很喜歡抄寫。近來把舊物翻出來，我竟然發現許多媽媽年輕時寫的詩詞文稿。在她為人母後，她不斷抄藥方，還清楚注明是誰生病、病況如何和吃甚麼藥。這些行為，我肯定不是父母有意教育我的，但我從小到大看着他們這樣做，自然將這些行為模式「內化」成我生命的一部分，說不定這就是所謂的「薰陶」。

剪報、戲票與車票

樊：我們以為剪報是您學術事業的起點，沒想到原來您從小已經這樣做。您說戀舊是當時社會風氣使然，因為物質不夠豐富，沒法輕易得到新的物品；來到物質充裕的年代，戀舊卻成了一種環保的好習慣。這當然也跟父母的教育很有關係。既然是社會風氣，那麼當然包括不同的人，除了父母以外，還有甚麼人，如老師、朋友等，啟發了您收集的興趣？

盧：朋友或同輩則沒有，但我相信老師對我的影響很大。我真正為自己剪報，是小學六年級的時候。那時沒有通識課，老師卻規定我們要讀報，並剪下一些感興趣的內容，我認為這是很重要的訓練。我記得有老師要我們剪下一些社會時事的報道，每星期剪一則，然後說說報道的主題、談談自己的感想。一個學期交一本剪貼簿。

樊：您記得剪存了甚麼事件的報道嗎？

盧：我找不回那份功課了，可能已交給老師吧。我記得剪下來的主題大多關於電影。我父親很喜歡看電影，他會跟我說：「可以不讀書，可以不溫習」，但他要去看電影時，我一定得陪他看。所以，我對戲劇，尤其是電影的印象特別深刻。我儲車票也儲戲票，戲票我儲得最多，我父親每逢在灣仔的環球和國民戲院換畫時，便會買票看戲。戲票、戲橋（劇情簡介）和報紙上的電影廣告，我都會儲起來。

樊：這些戲票、戲橋在當時並不珍貴，卻成為您的收藏品，這樣才見得特別啊。

盧：對，現在很多年輕人會買來收藏，我則覺得收集的東西不應用買的，應是來自平常生活。見到一些自己覺得重要又感興趣的東西，便留下來藏好，就此而已。再說，當時的戲橋很多時是在買戲票時，賣票的人隨票附上，迫人多付一毛；來看電影的又不敢不買，生怕會給劃到很差的座位。很多人讀過戲橋後便隨手扔掉，但我沒有，因為粵語片許多時都有唱戲部分，戲橋往往印有插曲的歌詞。為了能夠拿着戲橋跟着唱，我便收藏起來，也愈藏愈多。可惜後來連年遷徙，我沒有留下這些戲橋，只留下了戲票。

樊：很多人在某個階段喜歡收集某些物件，我小時候喜歡「儲」巴士票。那時巴士除了司機外，還有售票員，坐在車廂中部。我上車後不急着買票，直至看到出售特別號碼的票，才馬上付錢。長大一點後，這興趣就慢慢消失了，您沒有這種情況吧？

盧：沒有。我儲車票是儲得「出了名」，特別喜歡「1111」、「2222」這些編號，我的中學同學都知道，所以他們買票時，會特別留意車票編號，如果將會買到「1110」的票，他們會特意不買，讓下一位先買，然後買下「1111」的車票送給我。同學都待我很好，知道我喜歡儲甚麼，就把東西送給我，所以我收集了很多自己喜歡的東西……但在父母去世後，我有一段長時間流離在外，不便保存這些東西，很多都送人了。

你剛才說你慢慢地放棄了儲物的興致，我卻多是突然放棄。例如，我曾經儲過火柴盒，以前的火柴盒都很漂亮，後來覺得火柴危險，又難保存——稍微受潮已不能使用，便一口氣全部送人。

不能貫徹始終固然可惜，但收藏必然會面對飽和的壓力，承受得住這壓力，收藏者便卓然成家了。

樊：我也曾收集過火柴盒、郵票、車票、金屬的火柴盒小汽車，都只保存了很短時間。這些東西我都曾經很喜歡，但後來受到「五常法」影響（「五常法」是「常組織、常整頓、常清潔、常規範、常自律」的個人生活和商業運作的管理法則），常常清掃物件。只要我看見枱上有雜物，便會渾身不自在，想快快清走它們，因此我成為不了收藏家。

食店名片和牙籤袋

樊：我常聽說，收藏者需要有四個條件：金錢、時間、閑情和精力，但聽您分享後，我認為這未必正確。首先，金錢似乎不太重要，因為有許多東西，即使不花錢也能收集；第二是時間，您非常忙碌，但您也有時間去收集東西，所以我覺得餘下兩個條件才是關鍵：第一是閑情，雖然您很忙，但忙碌中也能保持平靜，平靜的時候才能收集東西；第二是精力，雖然您說年輕時不太健康，但您的頭腦一直非常清明。

盧：現在儲物的人都喜歡用金錢來購買心頭好，這可能也是一個收藏辦法，但我常説，若是着重收藏的價錢，這興趣對很多人來說是應付不了的。我近二十年來所儲的物品，大多都不用錢就能收集到，例如食店名片和牙籤袋。

樊：難怪每次跟您吃飯，您都要拿走食店名片和牙籤袋。

盧：不吃飯的時候我也會拿！路過新開食肆，我都會進去取一張名片。那些名片我現在再看，覺得十分感慨，因為許多店都不再存在了。我能從它們看到整個社會經濟狀況和時代變遷。能利用自己收藏的東西，來做些對社會有更深入理解的事，功利點説，是有好處的。

樊：我最佩服您的是，收藏的東西需要用到時，必定能夠找出來。您怎樣收藏資料卡片和書，很多人都聽說過，食店牙籤袋或火柴盒形狀不一，您又是怎樣存放的？

盧：牙籤袋的形狀還算規則，但名片呢？正正因為它們不規則，就更可愛了。普通名片總有一個特定樣式，但現在有些店鋪找來設計師把名片設計成心形、四方形、長條形，甚至簽狀，我用盒子把它們盛起來，分開一小格一小格的。有段時期，我以食店菜式來分類，一種菜式放一個盒，後來疏懶了，拿了便隨便放進盒子裏。這是一種習慣，不需要甚麼訓練或閑情，只要你有一個盒子，在開始收集時便習慣將東西放好，以後自然便知道應如何放置和儲藏了。

把分類視作甜品

樊：會不會因為覺得有趣，偶爾把收藏品拿出來賞玩，或再分類？

盧：有時會，尤其會「再分類」。我想「分類」應該是我的一種「病態行為」吧，我很喜歡把東西細緻分類。細緻分類能令東西更容易找到。像名片，我會為不同人的名片分類。有時候我在半夜醒來，無事可做，便會把名片拿出來分類，細分之下就發現問題了，像官員的名片，官員是一個類別。在香港，有負責文化的官員，又有康文署的官員，康文署的官員也有許多級別，我不時會重頭分類。現在年紀大了，每次分類時，我又忘了上次把這些人分到哪一類去。分類很有趣，但我很難說這是否算得上是閑情，只是當工作令我煩亂時，我就把這分類的工作當作「甜品」。

樊：我一直認為，分類是您學問的精髓。我們一眾學生，有些人學得多，有些人學得少，卻沒有人能學到全部。分類的精神，在於令每樣事物各得其所，這「其所」卻不是惟一的，所以隔不多時要把它們重新分類，當中的精力和新意念，實在令我們望塵莫及。

盧：這是經驗。像我研究文學時做的卡片，最初沒有分類，但當數量一多了，便要分類。如我剛才說，如何把一個有多重身份的人物分類，這和個人判斷力有關，很重要。

豐子愷的小酒杯

樊：收集是聚攏，但您同時也會割愛和分享，這很有意思。譬如我們都耳熟能詳的，是您捐出大批藏書給中大圖書館成立香港文學特藏。另外，您的學生和朋友都收過您不少別具心思的禮物。我記得您在〈小酒杯〉中提到，豐子愷太太送您印有像竹久夢二畫作的小酒杯，您那麼喜歡豐子愷，這酒杯對您來說必定很有意義，但您後來竟把它轉贈出去。可以談談這分享和割愛的心情嗎？

盧：這是從來沒有人向我提過的問題，很好。

我也不知該怎樣說，我愛很多東西，但有時候，我會忽然想起，在我年幼時，我媽媽突然去世；初中一時，父親也死了；再談遠一點，第二次世界大戰，香港淪陷的三年零八個月時，戰火令很多生命一剎那間在我眼前消失。我相信這些經歷對我有很重要的影響，讓我知道世界上有很多東西都不是真正永久屬於我的，但有些潛在的影響力卻是永恆。例如母親去世了，她在我身上發揮的影響力，就是永恆。我最近看見很多先進的錄音器材，突然想起，怎麼我完全記不起母親的聲音呢？要是我當時有錄音或錄影工具就好了。於是我明白，有些實質東西不會永遠屬於我，但許多和物件相關的精神、人的思想，卻可以傳播開去，留存下來。

樊：這不單是把精神傳播開去，還附加了其他東西，例如豐子愷夫人送您酒杯時，附加了豐氏夫婦的心意，您把杯送出去時，又附加了其他東西。假如聚與散都不是由人來決定，人起碼能在散落之前，為物品加添更多意義。我雖然不敢說這是永恆，但最少能令東西的象徵意義更深遠。

盧：說回那隻杯子。得到這隻杯後不久，豐子愷夫人便去世了，我對杯子更珍之重之，一想到杯子原來是不斷地接觸豐先生的，然後到我手上，我當然要很珍惜它，很愛它，但當緣緣堂（豐子愷先生的紀念館）重建好以後，杯子在我身邊，彷彿失去了根源，我沒理由要它撇棄根源，跟我到一個陌生的地方去，因為和豐先生有關係的人和地都在石門灣。當然我把它送回去時，我也有千萬個不捨得，我便安慰自己——因為如果我一直沉溺在戀戀的情緒之中，是不健康的，所以我跟自己說：「你應該開心才對，因為在那段日子中，你為他們好好保存了豐先生的遺物，否則杯子可能已經散失或破碎了，只因我如此珍而重之，它今日才能回到屬於它的地方，我算是做了一件好事，所以我應該很高興。」我不知這是甚麼精神，不過從小到大，我從母親那兒學到的是，不應戀戀於那些自己不能掌握或能力不逮的事，我們應該想辦法把苦楚散開，變成另一種力量，這對自己的健康和他人也無害。

樊：看來我最初的假設是對的。在苦難之時，您總有一種奇特的能力，把它們變成積極正面的力量，這樣對自己和其他人都有好處。

盧：沉溺於苦楚中，又有甚麼意思呢？除非你死去，否則當你要一直活下去，實在沒必要帶着如此沉重的枷鎖。父母的死亡便讓我領悟到強烈「活下去」的意願。

面對新事物的態度

樊：談些輕鬆的吧。我相信很多人都不知道，您除了喜歡舊事舊物以外，其實對新科技也很在行，例如您會用智能電話、數碼相機，還會玩 wii 電子遊戲機，又經常在網上下載舊書影、香港的老照片等，還是網上討論區的常客，家裏甚至有無葉風扇、智能吸塵機械人……還有沒有其他新產品？

盧：暫時沒有了。不過我也想買些新東西來玩。老實說，這些東西我並不在行，但這「不在行」也能表現出我的無畏精神，就是因為

「不懂」，便要去「學習」。好像最近電腦換了「視窗8」系統，真折騰我！有些東西你懂便是懂，不懂的話，別人教你也未必學得來，但我覺得這個系統有用，才不斷地學習。難得有人發明了這東西，我也竟能活到今天，見證它的出現，為甚麼不去用它呢？但我是用它，而不是沉迷，這是十分重要的。

這也與我母親有關。母親當年是整幢唐樓中，第一個用火水爐的人。火水爐你們現在當然不用了。但那時我們原是燒柴取火的，要破柴來燒柴爐，煙薰得我們痛哭流涕，幾經艱難才煮成一頓飯。母親在抗戰後不久，就知道用火水爐煮食，既無煙又方便點燃，於是她成了街坊鄰里第一個用火水爐的人。

樊：您的媽媽應該是很有教養的人。

盧：我媽媽有古典的教養，又懂得新的玩意……

樊：是不是因為她有看報紙的習慣呢？

盧：可能有關。我第一個認識的外國人是印度甘地，這是母親告訴我的，大概與她讀報的習慣有關。

樊：這很有趣，在一個我們想像中似是封閉的年代，通過報紙，他們能知道幾千里以外的事，即使一個家庭主婦也能做到。再談談新產品。一般人，尤其是上了年紀的人，都不太能掌握新科技，甚至有點抗拒，但您沒有，為甚麼呢？

盧：第一，我覺得像攝影機、錄音機這些發明是為了方便生活，既然人家都發明了，而且能使生活更方便，為何要抗拒呢？第二，對於電子玩意，我覺得玩玩無妨，不過是一種消遣和娛樂——也能夠訓練腦筋和手的反應！

樊：您是不怕使用新科技，對吧？

盧：怕的，但也要先學習和認識，才知道哪些地方可怕吧。

樊：包容新舊事物，這不單是收集物件的精神或消費的態度，還是一種人生態度？

盧：是吧？人們害怕新事物的原因很多，有些父母覺得從前是他們教導子女，現在倒過來受子女教導，例如要子女教他們用電腦，他們認為這很丟臉，所以抗拒。人生應有的態度就在於經歷各種遭遇後，認真思考、客觀判斷、理智反省，然後實踐。

樊：不論事物是新是舊，要得到它們，都不免要涉及消費行為，有些人較節儉，不願接受新事物。奢侈固然不好，但如果抗拒接受新事物，可能會失去很多。

即物明理的寫作

樊：您在〈釋杖〉一文中提到，有一段時間因為腳痛要撐着拐杖走路，所以領會了很多與拐杖有關的道理，例如悟到電影裏差利•卓別靈揮舞小手杖的象徵意義，想到拐杖的用途並非在支撐他走路，因為拐杖太幼，其實不足以支撐身體重量。我看差利的電影時，從沒有從這個角度去看，也不知當中有甚麼象徵意義，但因為您用過拐杖，所以能看到當中的含意，這很有趣。這令我想到「即物明理」的寫作手法。黃繼持老師曾說您的文章是白馬湖一脈，像豐子愷、葉聖陶等，例如豐的〈楊柳〉就是從他看到的事物，聯想一些道理。您在豐子愷的作品中所得到的啟發，不只在寫作手法上，還有人生態度。

盧：我想這不是甚麼寫作手法，不知道他如何影響我，也不知他如何走進我的生命，何時發揮了作用。我沒有刻意從他身上學習寫作手法，但直至現在，我仍覺得，讀文學作品，或一個作家的作品，首先應該「心貼心」地讀，然後再用自己的經驗、個性來處理和消化。有些人（作家）和自己投契、投緣，你便自然會愛上他。當你喜歡他以後，他自然會影響你看事物的角度，甚或下筆的方法。我寫作時哪有刻意用白馬湖一脈的風格呢？都不過是不經意的影響罷了。我喜歡的作家與我的個性都頗為相似，我一直相信，讀者在閱讀過程中，只要不沉迷於某一位作家的作品，而是廣泛地閱讀多位作家的作品，他自然能夠找到自己投影或擁抱的對象，所以我認為犯不着強迫學生或讀者喜歡哪些作家。

樊：只要肯看，自然能找到心貼心、有共鳴的作家。有時我們喜歡一個作家的某些特點，但又不完全認同他風格或觀點，於是以另一個作家的優點作補充，這就是閱讀的樂趣。完全由課程規範我們怎樣閱讀，這是很悲慘的事。

盧：課程規範就由它規範吧，只要自己還懂得選擇。記得我小時候很討厭魯迅的作品，因為我自己不是……

樊：不是那麼強烈的人。

盧：對，我不是那種會「徬徨」、「喊吶」的人！但到了某些時候，當我發現只有魯迅才能寫出那個時代的悲劇和對人類劣根性的批判時，便立刻有了共鳴。我認為讀者必需把閱讀面擴得很闊，才能邂逅自己真正喜歡的作家。

樊：我也同意這是閱歷的問題。我唸中學時也不喜歡魯迅，可能因為我並未認真地面對他的作品，只是通過別人的轉述去認識他。那時我也很怕《徬徨》、《喊吶》，直至後來我正式閱讀他的作品，才發現了「我眼中的魯迅」——那些只有魯迅才能給我，而在其他作家那裏找不到的東西。畢竟，間接聽聞和直接理解的分別可以很大。

盧：作家是必需等待的。或在千年以後，某時某刻，在某一個當下，突然有讀者非常明白他。

樊：這就是「物」的道理：當我們思考一件事物時，它的道理不一定顯現，但一旦我們使用它，接近它，道理就浮現了——這也是我從您的文章所讀到的。

對食物的兼容並蓄

樊：您對美食同樣兼容並蓄，您的學生和朋友都知道，隨意問您哪些地區有甚麼好館子、好菜色，您都知道。您的口味並不限於廣東菜，也包括西餐、日本菜等。您的口味如此廣闊，究竟是怎樣養成的？

盧：也是從父母處養成的。我媽媽雖然是願意試新產品的人，但她同時是一個傳統女性。那時，即使我們很窮，父母仍很喜歡喝下午茶，特別是母親，每當她做完家務，便會約知己去喝西式下午茶，父親卻愛吃中式食物。我想在飲食習慣上，父母對我的影響都有，我經常說，家教很重要，你不會知道，父母在甚麼時候影響你喜歡上某些東西。

從古到今，文人對飲食都有一種偏愛，我們也看到很多作品都談食物或食材處理。現今香港有很多食家，但食家是「家」(專家)，普通人只是「食者」，食者也有獨特的判斷能力。不同的是，食家能食遍名店，受盡優待，食者也要有自己的判斷，例如即使你只嘗過四家雲吞麵店，你也要懂得判斷出哪一間用的湯底和材料較好，他們的成分有甚麼分別。其實廣東雲吞只要加上少許筍粒，已經美味許多，這不只有食家才懂。讀書也好，吃東西也好，看事物也好，只要多看多嘗，你自然有判斷能力。一輩子只吃同一所食店的漢堡包，你便不知道還有些小店有更好吃的——我雖然不太喜歡吃漢堡包，但當聽到別人說哪一所的好吃，我都會試一試，讓好吃的漢堡包走進我吃的經驗領域。

樊：我想說一件舊事：中學時，我第一本看您的書是山邊社出版的《路上談》，這本書主要寫您跟學生說的話，我很喜歡。後來進了大學，聽其他老師說，盧老師是一位「食家」，我頓時感到很失落，當時我認為老師是不吃人間煙火，只專心教育的人。這個想法自然很迂腐，飲食習慣其實代表了一種家庭血脈的承傳，我們以為五、六十年代的香港人，都是勒着褲頭過日子的，那時的人好像甚麼東西都很缺乏，然而實際情況又不至於此。所以，吃東西，一方面能接觸新事物、新文化，另一方面也是對家庭的回憶。

飲食裏的人生哲學

樊：您剛才提到，關於食物的文學作品有很多，我們知道梁實秋、特級校對、林文月和杜杜等都是能手，有沒有哪些飲食作家特別吸引您？

盧：最早影響我的是袁枚的《隨園食單》，母親也看這書。母親講究飲食，我最得她真傳的是煮粥，我煮的粥很有名。

樊：煮粥有甚麼技巧？

盧：巧妙在於揀米。現在揀米都很容易，揀日本米或台灣蓬萊米便可，但那時賣的都是本地米，揀好米後，要混入少許不同的米，洗淨，浸泡一會兒，加點油，令米溫潤些。然後就是火候，從前用瓦煲煮粥，現在都不用瓦煲了，我會用電飯煲煮好再轉別的煲。

樊：轉用瓦煲嗎？

盧：是。

樊：用猛火嗎？

盧：剛煮的時候要用猛火，讓米在溫潤的環境下「盪漾」一會兒——這是我家傳的方法。母親除了喜歡收集藥單外，她還喜歡看書，《隨園食單》是我小時候看的第一本飲食書籍。後來我很少看飲食文章了，因為大部分都是單純寫飲食。最近我也讀了很多日本廚師看待飲食和烹飪態度的書，他們其實都不是談飲食，而是談面對食物時的人生態度，這對我來說是新的閱讀方法。台灣也有一本《初心》，講述作者最初因為喜歡飲食，而放棄別人認為最好的前途，不唸大學，到巴黎學烹飪。飲食是人生最重要的部分，這些作者所寫的都是從飲食通往人生的哲學，令我印象深刻。其實，這一種堅持的人生態度，用於任何工作、處事都可以。

樊：這其實是「進乎技矣」至於道的境界。

盧：一定是「道」的境界。「道」從哪裏來？道在心中。除非你沒有那種心思，沒有那種全心全意對待食物的態度……我最近常說，即使多壞的東西，面對着有心人，都給化腐朽為神奇。

樊：這也是「手工業」精神，現在社會要求大量生產，這種手工業精神不斷被侵蝕。我們的制度不容許我們做「手作」，因為根本沒有足夠的時間把事情做好。

盧：所以不能怪人粗製濫造。現在的東西都用機器製造，廠房租金又貴，因此製造速度要快。雖然時代一直在變，不過有心人還是存在的，關鍵在於人如何在轉變之時，用心對待這些物品。

樊：或者反過來說，我們必須朝着這個目標努力，才能成為完整的人，否則我們只能成為制度下的一顆棋子。

盧：甚至連棋子也不是！棋子都有它的重要性，我們只是一顆微塵，隱沒在大氣之中。

二〇一三年十二月十二日

OXFORD
UNIVERSITY PRESS

牛津大學出版社隸屬牛津大學，以環球出版為志業，
弘揚大學卓於研究、博於學術、篤於教育的優良傳統

Oxford 為牛津大學出版社於英國及特定國家的註冊商標

牛津大學出版社（中國）有限公司出版
香港九龍灣宏遠街 1 號一號九龍 39 樓

第一版 2014

ISBN: 978-019-944286-7

10 9 8 7 6 5 4

鳴謝

本社蒙以下機構或人士提供本書參考資料和圖片*，謹此致謝：
香港文學資料庫　維基百科　Dreamstime.com　Uwants 討論區
*部分照片由小思提供